Der erotische Bücherwurm

Dreizehn Geschichten aller Art

Matthias E. Jacob

## Der erotische Bücherwurm

Dreizehn Geschichten aller Art

Zweite, durchgesehene, überarbeitete und bebilderte Auflage.

Wer einen Fehler findet, darf ihn behalten.

Impressum

© 2008 Matthias E. Jacob

Herstellung und Verlag: Books on Demand, Norderstedt

ISBN: 978-3-7386-1919-5

Bibliografische Information der Deutschen Nationalbibliothek:

Die Deutsche Nationalbibliothek verzeichnet diese Publikation in der Deutschen Nationalbibliografie; detaillierte bibliografische Daten sind im Internet über http://dnb.d-nb.de abrufbar

# Inhalt

| | |
|---|---|
| Reissmann gegen Wüstenschiff | 7 |
| Der Geruch der Häuser | 13 |
| Punktuhr und Strichuhr | 19 |
| Der gespielte Witz | 27 |
| Dr. S. und der Schlick | 33 |
| Der Kinderdieb | 39 |
| Wir marschieren nach Smolensk! | 45 |
| Knusper-knusper-knäuschen... Eine Mylauer Kriminal- und Sittengeschichte | 51 |
| Freibadgeschichten *oder* Wie wir das King erfanden. | 57 |
| Ein rabenschwarzer Tag | 65 |
| Der östlichste Piratensender der Welt | 71 |
| Der wilde Zahnarzt | 77 |
| Der erotische Bücherwurm | 83 |

## Reissmann gegen Wüstenschiff

**D**ie kleine Stadt Mylau verdankt ihre Lage- wenn man so will- festungstechnischen Überlegungen und der Abneigung der Menschen gegen schlechtes Wetter. Zuerst errichteten böhmische Ritter eine Kaiserpfalz auf dem gut zu verteidigenden Bergsporn über Göltzsch und Seifenbach, danach fanden die einfachen Leute, dass das Tal zu Füssen der Burg recht windgeschützt liegt und man da gut Hütten bauen kann. Auch gab es Bäche, so konnte man Wolle waschen und färben und sich der Abfälle leicht und sicher entledigen. Wer aber von Greiz herauf kam oder von Elsterberg über Netzschkau herüber nach Westsachsen wollte, der musste durchs stille Tal der Mylaner. Also wurden Strassen gebaut und später Eisenbahnen geplant. Letztere sollte von Reichenbach kommend weiter durch das Tal der Göltzsch nach Greiz fahren. Der damals regierende Fürst von Greiz-Schleiz-Lobenstein muss aber ein Ahnvater heutiger Naturschützer gewesen sein - er widersetzte sich dem Bau der Bahntrasse. So kam es, dass Mylau mit kaum 8000 Einwohnern nun der Endpunkt zweier Eisenbahnlinien war und über zwei Bahnhöfe verfügte: einen richtigen, einen für den Gütertransport und darüber hinaus über einen Haltepunkt, da sich die Bahn auch noch nach Lengenfeld verzweigte. Das Tal dorthin war ebenso schützenswert wie das des thüringer Regenten, unterstand aber dem sächsischen König. Der interessierte sich weniger für den Naturschutz in seinen entfernten Liegenschaften, hatte er doch im fernen Dresden jede Menge schöner Landschaft. So wurde das Göltzschtal von Mylau nach

Lengenfeld von einer Eisenbahntrasse durchquert- von der man heute kaum noch etwas bemerkt. Die Greizer jedoch mussten sich etwas einfallen lassen, wollten sie göltzschaufwärts nach Mylau oder Netzschkau und von dort weiter mit der Reichsbahn. So kam „der Greizer" ins Leben der Mylaner.

Wenn die Mylauer in den Jahren des ideologisch korrekten „*Ismus*" mit dem Bus in die benachbarte Kreisstadt Reichenbach reisen wollten, dann hatten Sie die Wahl, mit den Bussen des VEB Kraftverkehr zu fahren (mancher nannte den auch „Staatsbus") oder eben mit dem „Greizer". Diese Busse unterschieden sich zu aller Erst in der Farbe von ihren staatlichen Konkurrenten. Die Greizer waren in Blau/Grau gehalten, die VEB-Busse waren meist Hellbeige. In den 50ern waren beim staatlichen Kraftverkehr noch VOMAG-Fahrzeuge im Einsatz, also VOgtländische Maschinenbau AG-Busse. Das waren dreiachsige Ungetüme mit langem Vorbaumotor, die sich wegen ihrer Höhe in Kurven bedenklich zur Seite neigten. So kamen sie zu ihrem Spitznamen: Wüstenschiff. Der Staatsbus war also ein schaukelndes gelbes Wüstenschiff.

Der Greizer war zu dieser Zeit ein kleines rundliches Etwas, ein Minibus, eine Art VW-Käfer für 30 Leute, in dem der Fahrer keine eigene Kabine hatte, sondern wie ein Fahrgast auf einem Einzelsitz in der ersten Reihe sass und kaum über das Lenkrad sehen konnte. *Primus inter pares* sozusagen. Diesen kleinen Bus erkannte man schon am Klang- das hochfrequente Quäken eines Benziners gegenüber dem Dieselgebrumm des Staatskamels.

Aber noch etwas unterschied den Greizer von seinen volkseigenen Kollegen: Die Busse dieser Linie gehörten der Firma Reissmann, waren mithin Privatbesitz. Das war schon etwas Besonderes, auch wenn es im Fahrpreis keinen Unterschied gab. Einmal Mylau-Reichenbach kostete 35 Pfennige, man sparte dadurch einen Fussweg von fast einer Stunde.

Konkurrierte man schon nicht über den Preis, so gab es dennoch subtile Methoden, um den Fahrgast zu kämpfen. In Mylau nämlich liefen die Linien parallel, der Staatsbus fuhr nach Reichenbach ebenso wie sein privater Kollege aus Greiz. Da kam es nun darauf an, wer als erster an der Haltestelle vorfuhr. Häufig kam es vor, dass der VEB Kraftverkehr schon hoffnungslos überfüllt ankam. Dann war man in Gefahr, nicht mehr mitgenommen zu werden. Oder man stand eingezwängt zwischen all den lieben schwitzenden Mitbürgern. Doch schon nahte die grau-blaue private Konkurrenz von hinten und die Schaffnerin winkte den Reisenden, doch bei der Firma Reissmann Platz zu nehmen.
Dann setzten sich beide Fuhrwerke schnaufend und knatternd in Bewegung und der sportliche Teil des Wettbewerbs nahm seinen Lauf. War der „VEB" voll besetzt und zog möglicherweise noch einen Hänger, dann hatte der „Greizer" gute Chancen, gleich nach dem Anfahren zu überholen. Dieser Vorgang dauerte mehrere hundert Meter und wurde von triumphierenden Blicken aus dem einen in den anderen Wagen begleitet. Gelang dieser Coup nicht gleich, so hatte der hinten liegende Wagen eine zweite Chance: die Klinckhardtstrasse, die steile Rampe hinauf

nach Reichenbach. Hier musste der Angreifer gleich aus der Kurve am E-Werk heraus ansetzen und den richtigen Gang wählen, dann hatte er eine Chance, seinen Mitbewerber zu schlagen. Und so rasten sie dann die Steilstrecke hinan, der eine mit 20 km/h, der andere mit 22 ½ km/h. Spätestens an der Textilfachschule musste das Rennen entschieden sein.

Später beschaffte sich auch die Fa. Reissmann grössere und modernere Busse und das Wüstenschiff wurde nach einer schweren Havarie, bei der es den Motor im Fahren verlor, verschrottet. Statt seiner gab es nun Busse mit Namen *Ikarus*, benannt nach dem jungen Mann, der mit schlichten Mitteln hoch flog und schnell abstürzte. Die Bahnlinien, die Mylau mit der Welt verbanden, wurden abgerissen. Nur die alte Kaiserpfalz steht heute wie vor 1000 Jahren über der Stadt und grüsst den dahineilenden Automobilisten.

Das Postamt

### Der Geruch der Häuser

Unsere kleine Stadt Mylau liegt zwischen sieben Hügeln, die irgendwie alle ineinander übergehen. So könnte man auch sagen, dass das Städtchen in einem Tal liegt, was aber in mehrfacher Hinsicht auch nicht stimmt. Zum einen sind es zwei Täler, nämlich die der beiden kleinen Flüsse, an deren Zusammenfluss Mylau liegt, zum anderen ist die Stadt die Hänge hinan gewachsen. Vor allem die Wohnhäuser wurden in den guten Zeiten des Wohlstands immer höher hinauf gebaut und man kann es dem Baustil ansehen- die modernsten entstanden in den 1920ern und stehen ganz oben. Am interessantesten sind vier Häuser am Südrand der Stadt, die die Leute „Typ Feiler-Häuser" nennen. Als ich klein war, verstand ich nur „Tippfeilerhäuser", fragte nicht weiter nach und wusste auch so, dass es da einen Schneider gab, der kleinen Jungs ein Schulanfangsgewand anmessen konnte.
Später wurde mir klar, dass es sich um Typ-Häuser des Architekten Feiler handelte. Der hatte seine Vorbilder offenbar bei den Bauhaus-Architekten gefunden: die Häuser sind kubisch und haben flache Dächer. Die Wohnungen dürften eher klein gewesen sein, denn der besagte Schneider suchte sich eine grössere Wohnung, als seine beiden Mädchen älter wurden.

Am Hang gegenüber, hin zur bäuerlichen Seite der kleinen Stadt, gibt es ebenfalls Häuser aus den Zeiten der schlimmen Wirtschaftskrise. Drei Doppelhäuser waren nach dem Weltkrieg entstanden, den man zu ihrer Bauzeit noch nicht mit Nummer aussprach, weil man nicht wissen konnte, dass er der erste von zweien in diesem Jahrhundert sein würde. In einer der Wohnungen lebten meine Grosseltern seit dem Ende der 1920er Jahre. Sie wollten sich diesen kleinen Luxus leisten - Wohnung mit Badezimmer und eigener Toilette, letztere trotzdem noch „auf der halben Treppe" und ohne Wasserspülung. Diese Art von Klosetts prägte die Geruchslandschaft meiner Kindheit entscheidend, konnte man doch die Häuser der Verwandten mit verbundenen Augen am Geruch erkennen. Der kam zu aller Erst aus den Trockenklosetts, mischte sich mit dem kühlen Hauch aus modrigen Kellern, in denen Kartoffeln und Kohlen lagerten (auch Briketts haben einen Geruch!) und bekam seine Kopfnote zuletzt aus den Wohnungen mit Küchendunst und Ofenqualm.

Das Haus der Grosseltern hatte eine Strassenseite mit grosser Haustür. Ging man dort hinein, so lag zuerst eine Treppe vor einem - man kennt die Bauart von den Bürgerhäusern der Gründerzeit in grösseren Städten. Benutzte man aber den Hintereingang, den so genannten Dienstboteneingang, dann hatte man auf dem Weg dahin, wegen der Hanglage des Hauses, schon etwas Treppensteigen gespart. Ausserdem war es interessanter, den Hintereingang zu benutzen. Da kam man an einer Wiese vorbei, an den Kräuterbeeten der Hausfrauen, am Waschhaus und an den Kaninchenställen des Nachbarn. Man konnte auch ziemlich sicher sein, dass man jemanden Gleichaltrigen traf und ein Spiel verabreden konnte.

Zur Hintertür hinein gelangte man also ins Haus. Die Grosseltern wohnten Mitteletage. An der Wohnungstür prangte ein Briefschlitz aus Messing, dessen Pflege der Oma trotz erheblichen SIDOL-Einsatzes nicht geringe Mühe machte. Dahinter kam man in einen kleinen Vorraum, der wegen seiner Enge kaum die Bezeichnung Raum verdiente, von allen Leuten aber (und nicht nur in dieser Wohnung) Vor*saal* genannt wurde. Als ich einmal ein Mädchen aus einer anderen Gegend kennen lernte und im Gespräch über unsere Wohnung den *Vorsaal* erwähnte, da meinte das Mädchen, sie sei einem Sohn aus fürstlichen Verhältnissen begegnet: Man hatte da einen Saal vor allen anderen Gemächern!

Vom Vorsaal der Grosseltern gingen tatsächlich alle Türen ab, so dass er eigentlich nur aus Türen bestand. Zur Rechten ging es ins Badezimmer. Dort gab es einen grossen Badeofen und eine Wanne. Dann noch einen Schrank für allerlei Gerümpel und eine kleine Bank. Fertig. Das Zimmer wurde wirklich nur einmal die Woche genutzt, wenn der Badeofen das Wasser erwärmt hatte und man den Schmutz der Woche abwusch. Dazu gehörten auch Badetabletten mit Fichtennadelduft, die das Wasser grün färbten und wohl auch einen Reinigungseffekt hatten. Der Duft der chemischen Fichte erfüllte die Wohnung, entwich auch dem Briefschlitz, mischte sich unter die anderen Hausgerüche und meldete so der Nachbarschaft: Hier wird gebadet!

Geradeaus kam man in die Küche. Die war recht geräumig, also eine Wohnküche, in der sogar ein Sofa Platz fand. Die Küche hatte auch eine kleine Speisekammer. Das war eine Art Wandschrank mit kleinem Belüftungsfenster nach Norden hin.

Dort wurden bei zuträglichen Temperaturen und unzugänglich für die Hauskatze die Rohstoffe für die Mahlzeiten aufbewahrt. In der Küche gab es einen Wasserhahn mit einem Ausguss darunter. Dort wusch man sich auch und zum Rasieren setzte sich der Opa mit allen notwendigen Utensilien frühmorgens an den Tisch und schabte den Bart mit Seife und Rasierapparat ab. Dazu spielte im Radio die Musik; sonntags konnte man ein Hafenkonzert hören und sich den Hafen dazu denken oder einen Italiener, der eine gewisse Marina besang. Für Kinder gab es im Radio einen Herrn, der sich als Onkel Tobias vorstellte. Der Mann hiess nicht wirklich so, sondern er hatte nach einem Reimwort auf seinen Sendernamen gesucht und so ging er in die Rundfunkgeschichte als Tobias ein.

Der Küchengeruch wechselte mit der Jahreszeit. Vor allem im Frühjahr roch es dort streng nach Küken. Die Oma hatte die Gewohnheit, beim Bauern Küken zu kaufen und sie in der Küche in einer kleinen Kiste mit einer Rotlichtlampe aufzupäppeln bis sie alt genug fürs Freiland waren. Das quietschte und piepste dann während dieser Zeit und war recht interessant und allemal ein Grund, die Oma zu besuchen. Wenn man die Küken beobachtete, dann war immer mal eins darunter, das stand einfach nur da und machte die Augen zu. Die Oma meinte dann, dass es sein Sterbchen mache. Was kräftig genug war, den Küchenkäfig zu überstehen, durfte dann ab Ostern Eier legen in Opas Hühnergarten und machte später sein Sterbchen unter dem Hackebeil, um in die Küche zurückzukehren.

Weiter gab es noch ein Schlafzimmer und ein Wohnzimmer, beide nochmals mit einer Tür verbunden. Und die Gute Stube hatte natürlich auch noch Verbindung zum Vorsaal. So hatte man also auf kaum 50 qm sechs Türen- wenn man die Speisekammertür berücksichtigt. Und die wurden auch benutzt, das heisst, man machte sie beim Hindurchgehen immer auf und zu, auf dass die Wärme nicht entwich oder der Kükengeruch in die Gute Stube zog. Für Kinder gab das ein ständiges Ermahnen: Mach die Tür zu! Auch Fenster gab es reichlich; man konnte in alle Himmelsrichtungen spähen und war immer bestens unterrichtet, wer sich dem Haus näherte. Bei Familienfeiern meldeten die Kinder vom Fenster, wer nahte. Dann konnte der Kaffee gebrüht werden und der Empfang vorbereitet werden.

Bei diesen Feiern war es üblich, dass die Kinder in der Küche bewirtet wurden. Das war praktisch in vielerlei Hinsicht. Sie hörten die Gespräche der Erwachsenen nicht und konnten sie dem entsprechend auch nicht unterbrechen, sie konnten ihre eigenen Spässe machen und die kleinen Maleurs wie verkleckerter Kakao oder Kuchenkrümel waren in der Küche weniger schlimm. Später dann ging man zu den Erwachsenen, wenn die langsam in Stimmung kamen und sich der Onkel ans Klavier setzte, um den Flohwalzer oder andere Stimmungslieder zu spielen. Der klavierspielende Onkel war eigentlich Metzger von Beruf. Ich habe nie wieder Hände gesehen, die sowohl einen Schweinsdarm zur Mettwurst machen konnten als auch die Tasten des Piano so trefflich zu schlagen wussten. Chapeau, Onkel! Diese Hände konnten auch ein Schaf im Waschhaus ums Leben bringen. Das aber ist eine andere Geschichte.

Opas Haus und Burg Mylau

## Punktuhr und Strichuhr

Man kann sich der Kleinstadt Mylau nähern von wo man will- zuerst sieht man die alte Burg. Danach aber wird man immer gleich die Kirchturmspitze wahrnehmen und darunter die vier Ziffernblätter einer Turmuhr. Es gibt nicht viele Kirchturmuhren, die ihren Zweck so gut erfüllen wie die der grossen Backsteinkirche zu Mylau. Das hängt damit zusammen, dass die Mylauer vor mehr als 100 Jahren in einem Anfall von Grössenwahn oder übergrosser Dankbarkeit gegen den Allmächtigen eine 70 Meter hohe Kirche bauten, höher als alles, was man ringsum so kennt. Die Dankbarkeit galt auch dem schönen Geld, das die Mylauer Fabrikanten mit der Herstellung von Stoffen verdient hatten. Diese Unternehmer trugen neben ganz normalen Namen wie Georgi, Hopf, Merkel oder Schneider sogar so exotische wie Chevalier. Die Mylauer machten daraus einen *Schwalljeh*- mit dem Französischen hatte man's nicht so. Wie auch immer- durch Unternehmergeist war Geld in die Kassen gekommen und so konnte man sich die schöne grosse Kirche leisten. Ein Name für das Gotteshaus ist der Gemeinde nicht eingefallen- bis heute heisst es einfach „die Kirche". Und weil die Bevölkerung mit dem Wohlstand gleichfalls gewachsen war und immer mehr Kinder geboren wurden, musste auch eine neue Schule her. Die alte am Marktplatz konnte den Andrang der Bildungspflichtigen nicht mehr fassen. So bekam die kleine Stadt ein zweites Schulgebäude dazu- weiter oben, nahe der Burg. Die alte Schule am Markt beherbergte nun nur noch die Klassen 1 bis

4, ab dem 5. Schuljahr musste man sich den Berg hinauf bemühen.

Der erste Schultag war zu meiner Kindheit und auch noch die Jahre danach ein wichtiges Familienfest und stand seiner Bedeutung nach in einer Reihe mit Taufe, Hochzeit und Beerdigung. In diese Aufzählung gehörte natürlich auch jenes Fest der Weihe, das den Schritt vom DU zum SIE markierte- wenngleich nur für historisch kurze Zeit.

Der Schulbeginn aber war und blieb das erste Grossereignis in einem Kinderleben, dem man schon Wochen und Monate vorher entgegenfieberte. Da mussten ein neues Gewand her und neue Schuhe, ein schweinslederner Ranzen für alle möglichen Utensilien und vor allem musste die Verwandtschaft eingeladen werden. Die wiederum musste sich um angemessene Geschenke kümmern.
Ganz wichtig war natürlich die kulinarische Seite der Feier. Der Fleischer musste um recht grosse Rouladen bekniet werden, im Konsum musste man bereits ein halbes Jahr vorher die Augen offenhalten und dann alles bunkern, was zum Fest notwendig war. Und es musste die Kuchenbäckerei organisiert werden: Wie viele Bleche würden notwendig sein, um die Familie zu versorgen und wie viele musste man rechnen für all die Nachbarskinder, die im Auftrag ihrer Eltern Geschenke an der Wohnungstür ablieferten. Zehn Stück Kuchen waren da ein durchaus üblicher Botenlohn. So rückte der Tag der Einschulung näher. Dem kleinen Schulanfänger war das Gewicht der Rouladen oder die

Frage, ob man denn nun noch ein paar Ölsardinen erwischen könnte, ziemlich gleichgültig. Er richtete seine Aufmerksamkeit auf die Zuckertüte.

Sollte jemals die Geschichte der Einschulungsrituale untersucht und wissenschaftlich erforscht werden, so muss man vor allem eines zu erklären suchen: Wie wurde aus einer kleinen Nascherei in einer ebenso kleinen Tüte, die man einst Kindern zusteckte, damit sie die erste Begegnung mit einem rohrstockschwingenden Lehrermonster besser verkrafteten- wie wurde also aus einer Handvoll Bonbons jener spitze bunte Pappkegel, der den ABC-Schützen weit überragte und mit Süssigkeiten gefüllt war, deren Gewicht ebenfalls das des Beschenkten überstieg? Es ist nicht gelogen: die Zuckertüte war so schwer, dass sie der Schulknirps nur fürs Foto vor der Schule kurz halten konnte- danach wurde sie dem kräftigsten Onkel zum Transport übergeben. Da wurde alles eingefüllt, was die Mangelwirtschaft jener Jahre zu bieten hatte: KONSÜ-Waffeln, ROTSTERN-Schokolade, HALOREN-Kugeln, INDIA-Riegel (kein Konzern der Welt hat sie je wieder hergestellt: Die undefinierbare braune Masse, die wie Nougat schmeckte- nur besser, und den Preis von 35 Pfennigen wirklich wert war), QUARTA-Pralinentafeln und was es der Leckereien mehr im Land meiner Kindheit gab. Die Zuckertüte enthielt genug von allem, dass man die Zeit bis Weihnachten gut versorgt war- und da gab es ja Nachschub.

Mein erster Klassenlehrer war Herr Böttiger. Er war ein kleiner Mann mit runder Brille auf einer etwas knollig geratenen Nase. Herr Böttiger trug Anzüge zum Unterricht, dazu Hemd und Krawatte. Aber er hatte die Gewohnheit, seine kreidebeschmierten Hände an Jacke und Hose abzuwischen. So sah er immer wie ein Bäckergeselle in der falschen Tracht aus- von oben bis unten bemehlt. Bei ihm haben wir Lesen und Schreiben gelernt. Das ging ganz einfach: Zuerst malte man eine Zuckertüte mit Spitze nach oben. Dann liess man die Verziehrungen weg und malte einen dicken Querbalken- fertig war ein A. Als nächstes stellte man zwei umgekehrte Tüten nebeneinander- fertig war ein M. Also konnte man MAMA AM... schreiben. Wo MAMA jeweils war, wurde vorerst durch eine Zeichnung ersetzt. Oft war sie am Ofen, nicht so oft am Tisch und am Bett war sie nie. So lernten wir Schreiben und Lesen. Rechnen gabs natürlich auch, zuerst mit Äpfeln, danach mit richtigen Zahlen. Mathematik war das noch nicht; man sagte „und" und „weg" und „mal" und „durch". Eigentlich sollte man diese Sprachregelung wieder einführen, denn es sagt sich viel leichter „1 weg minus 2 ist 3" als „1 minus minus 2 ist 3".
Die anderen Fächer hiessen Singen, Werken, Zeichnen und Turnen. Die meisten davon wurden ebenfalls von Herrn Böttiger bestritten einschliesslich dessen, was da Turnen hiess. Dazu legte er in der Turnhalle einfach sein Jackett ab- das reichte, um aus einem Rechenlehrer einen Turnlehrer zu machen. Er musste ja nichts vormachen, er *sagte* was zu tun war und wir machten es. Also zum Beispiel den Aufschwung am Reck: Kein Mensch kann so etwas lernen, ohne dass man es ihm vormacht. Herr Böttiger

war ein guter Lehrer, aber er ist schuld, dass ich mich bis heute nicht auf's Reck schwingen kann.

Ein besonderer Tag war der Mittwoch. Da stand Pioniernachmittag auf dem Plan. Pioniere waren wir alle ganz automatisch geworden und natürlich war man richtig stolz auf das blaue Halstuch und die kleinen Abzeichen, die es zu erwerben gab. Sogar einen kleinen Ausweis hatten wir, mit Bild und Unterschrift. Und Beitrag mussten wir bezahlen, 10 Pfennige pro Monat. Für 1,20 Mark im Jahr war man Mitglied dieser mächtigen Kinderorganisation, an deren Spitze meist recht alte Frauen und Männer standen. Die beliebtesten Pioniernachmittage waren die, an denen wir ein Geländespiel machen durften. Geländespiel bedeutete: Hinaus in den Wald, die Gruppe in zwei geteilt und dann Angriff und Verteidigung spielen. Da durfte man endlich mal mit Erlaubnis des Lehrers prügeln und raufen, denn es war ja für einen guten Zweck. Es waren Geländespiele des Friedens, also ein friedliches Hauen und Ringen im Unterholz der Mylauer Wälder.

Pioniere waren aber auch auf nützliche Weise aktiv. Altpapier sammeln und leere Gläser war so eine wichtige Tätigkeit. Es war eine arge Plackerei, Papier zu sammeln in einem Land, dessen Tageszeitungen selten mehr als 8 Seiten hatten und Gläser zu finden, wo saure Gurken noch in hölzernen Fässern feil geboten wurden. Hatte man dann endlich einige Packen Zeitungspapier beisammen und ein paar leere Bockwurstgläser, dann brachte man die zum VEB Rumpelmännchen. Der hatte sich in einer ehemaligen Fleischerei eingerichtet und wurde vertreten von einem Rumpelweibchen. Die Dame hatte Farbe, Geruch und sonstigen Zustand der Ware angenommen, mit der sie handelte. Ihr Ruf als ehrliche Aufkauffrau war nicht der beste. Man hörte immer wieder, dass sie die leidenschaftlichen Lumpensammler der Pionierorganisation um den einen oder anderen Groschen betrog.

Pioniere achteten aber genau so auf Sauberkeit in den Köpfen. Es war die Zeit, als der erkaltete Krieg über Fernsehantennen ausgetragen wurde. Da kämpften dann Lou van Burg gegen Heinz Quermann, Peter Frankenfeld gegen Rolf Herricht, HB-Männchen gegen Sandmännchen, Marianne Koch gegen Fischkoch, Telemekel gegen Pittiplatsch- es war ein schöner Krieg, denn keiner kam zu Schaden. Pioniere jedoch waren wachsam und sollten das gefährliche fremde Terrain meiden, wo es Cowboys gab und die Kinder von Bullerbü. So fragten die Lehrer gelegentlich nach, welche Art von Uhr man denn auf dem Fernsehbildschirm sehe: Die Punktuhr oder die Strichuhr? Die Punktuhr war die gute Uhr, die Friedensuhr mit Friedenszeit; die Strichuhr jedoch war des Teufels Zeitmesser, jede Sekunde war ein Stich ins Fleisch des Friedensfreunds. Wir haben schnell gelernt, auf die schlaue Frage ebenso schlau zu antworten: Wir sehen gar keine Uhr; Das Bild ist immer so schlecht, dass man Punkte und Striche kaum unterscheiden kann; Wir hören nur das Zeitzeichen im Radio und stellen danach die Küchenuhr und was man sich sonst noch ausdachte an Ausreden.

Wer am meisten Altpapier gesammelt hatte, in allen Fächer gute Noten vorweisen konnte und auch die spitzen Fragen nach grafischen Details im Fernsehen befriedigend beantworten konnte, der wurde mit kleinen Orden geehrt. Ich habe auch ein paar bekommen und war sehr stolz auf das emaillierte Blech. Keiner hatte bemerkt, dass ich Astrid Lindgren lieber mochte als Helga Laabs.

Die Neue Schule

## Der gespielte Witz

**D**ie kleine Stadt Mylau hatte ihre Blütezeit wohl vor mehr als hundert Jahren. Vor allem die Textilindustrie verhalf dem kleinen Ackerbürgerstädtchen, dem das Stadtrecht immerhin bereits im Jahre 1367 verliehen wurde (Berlin war damals noch ein kleines Pfahldorf im märkischen Sumpf und seine Bewohner waren noch Kannibalen- wie man bei Friedrich Engels nachlesen kann), zu einem kleinen Wirtschaftswunder. Da wurde eine Menge Arbeiter gebraucht zum Spinnen, zum Weben, zum Färben, zum Bedrucken und was sonst noch notwendig ist, um aus Wolle ein Stück Tuch entstehen zu lassen. Und die Arbeiter kamen und fanden Wohnung und bekamen Kinder, viele Kinder. Mein Grossvater hatte neun Geschwister; das war vielleicht nicht unbedingt die Regel, aber ungewöhnlich war es auch nicht. Jedenfalls wuchs das kleine Städtchen rasant und war bald das, was der Alte Fritz in seiner Sprache *„wohl pöblieret"* genannt hätte- hübsch bevölkert. Zuwanderung aus entfernteren Gegenden gab es weniger, zumindest geben die Namen der Mylauer keinen Hinweis darauf. Nur ein kleines Viertelchen der Stadt- eher ein Achtelchen- könnte zu verwirrender Vermutung führen. Dieses Stadtteilchen mit seinen paar Gässchen hinter der Burg heisst nämlich *Türkei*.
Hatten sich schon vor vielen Jahren osmanische Gastarbeiter dorthin verirrt und die grüne Fahne des Propheten hinter der alten Kaiserpfalz gehisst? Stand Deutschlands erster Dönerspiess in 9803 Mylau/ Vogtland? Hat der heute dort noch ansässige

Bäcker Donner seinen Namen vom türkischen Döner (der ja auch irgendwie mit Brot zu tun hat)? Findet man heute noch Familiennamen wie Gülegyle, deren Träger schwarzes Haar und dunkle Augen haben und nicht in die Kirche gehen? Alles falsch, weit gefehlt!

Die Mylauer Türkei hat Ihren Namen von den Stoffen mit türkischem Muster, die dort einst in Heimarbeit hergestellt wurden. Es gab eben mal eine Zeit, da waren türkisch gemusterte Schals und Kopftücher bei deutschen Frauen so beliebt wie später Dirndl und noch später Pettycoats. Die Zeiten ändern sich. Heute ist von diesem florierenden Gewerbe nur eine kleine Blaudruckerei übrig geblieben, die T-Shirts bedruckt und Vereinsabzeichen herstellt.

Türken in Zahl also hat Mylau bisher noch nicht aufnehmen müssen, dafür aber nach dem Krieg Nr. II einige Flüchtlinge aus Sudetien oder Hinterpommern oder wo eben die Rote Armee sonst noch die Menschen befreit hatte. Diese Leute kamen nach Mylau und hatten zwei Eigenarten: Sie waren katholisch und sie strebten nach eigenem Besitz. Das mit dem Katholischen war kein ernstes Problem. Die grosse protestantische Backsteinkirche blieb fest in der Hand der Lutheraner, die andere Konfession nutzte die Kapelle des Friedhofs. Dorthin sah man dann jeden Sonntag die Familien ziehen, denen die Heilige Maria mehr bedeutete als der Wittenberger Bibelübersetzer.

Das mit dem Besitzstreben hatte natürlich etwas mit dem Verlust der alten Heimat zu tun. Diese Leute waren von den Russen vor allem von Haus und Hof befreit worden, und dafür musste irgendwie Ersatz sein. Viele erwarben also Häuser und Häuschen und begannen in den Grundstücken mit etwas Landwirtschaft, meist in Form von Kaninchenhaltung oder bestenfalls Schafzucht. Man wird kein richtiger Stadtmensch, wenn man aus Gumbinnen oder Slavice stammt und dort *e scheenes Bauernzeich jehabt* hat. Wer aber im Osten ein kleines Lädchen hatte, der sah zu, dass er das auch in Mylau wieder haben konnte. Wie zum Beispiel Otto Siewert.

Otto Siewert (nennen wir ihn einfach *den Siewert*, denn so nannten ihn die Mylauer damals auch), der Siewert also war einer von den Flüchtlingen aus Ichweissnichtwoher. Man hörte es seiner Sprache an, dass er kein Eingeborener war. Er war ein Mann mit einem kleinen Kugelbauch und dem Gesicht eines slawischen Bauern mit einer rötlich leuchtenden Nase darin. Ich weiss nicht, ob er singen konnte, aber zu ihm hätte das Lied von Borstenvieh und Schweinespeck aus dem „Zigeunerbaron" gepasst. Der Siewert hatte es tatsächlich zu einem Laden in bester Lage, nämlich an der Hauptstrasse unterhalb der Kirche gebracht. Eigentlich war es eher ein Lädchen und konnte hinsichtlich Grösse und Ausstattung nicht mithalten mit den grösseren staatlichen Mitbewerbern rund um den Marktplatz. Machen wir es kurz: Siewerts Laden war ein Kramladen, ein kleines enges Gelass, in das man über wenigstens 7 Stufen aufwärts gelangte. Dort hielt der gute Otto alles feil, was es an Essbarem so gab: Butter und Quark, Zucker und Mehl, Brause und Bier, Bonbons und Waffeln wie auch Leberwurst und Speck. Daneben verkaufte er noch Gemüse und Obst und auch

Waschmittel und Zahnpaste konnte man bei ihm erwerben. Und weil es so eng zuging in Ottos kleinem Krämerladen, konnte es schon mal passieren, dass Waschpulver Marke GEMOL und Salzgurken Marke „Extrasauer" in trauter Nachbarschaft lagerten oder Brathering (im Fässchen) neben Marmelade (im Pappeimerchen). Otto verkaufte alles und seine Frau Martha half ihm dabei. Hinter dem Laden lagen die Privatgemächer des rustikalen Paares und eigentlich konnte man nicht richtig erkennen, wo das Rollmopslager endete und die gute Stube begann.

Für uns Schulkinder waren dieser Laden und sein Inhaber ein nicht endender gespielter Witz, eine Live-Comedy-Show, ein Panoptikum, das unglaublich Komischste, was man ohne einen Pfennig Eintritt täglich geniessen konnte. Wir gingen dazu auf den hinteren Kirchplatz, von wo man auf den Laden hinab sehen konnte. Das war wie ein Logenplatz im Theater. Dann warteten wir auf Otto Siewert, den unfreiwilligen Hauptdarsteller der täglichen Gemüseoperette. Der arme Mann wusste ja nicht, welchen Unterhaltungswert er für unsere kleine Bande hatte. Er kam daher ganz normal aus seinem Laden die Stufen herab, um zum Beispiel eine Stiege Pflaumen am Bürgersteig auszustellen. Das allein genügte, um uns vor Lachen die Tränen in die Augen zu treiben. Wir tobten förmlich vor Begeisterung. Manchmal, aber wirklich nur manchmal, gingen wir in den Laden, um unserem Idol noch näher zu sein und den Laden in seiner ganzen herrlichen Schmuddeligkeit zu betrachten. Dann standen wir auf der kleinen freien Fläche vor dem Ladentisch und kicherten und prusteten und platzten schier vor Gaudium. Wenn uns dann einer der beiden Viktualienhändler nach unserem Begehr fragte, konnten wir meist vor Lachen nichts sagen und verliessen den Laden unter Lachtränen ohne auch nur ein Tütchen Brausepulver gekauft zu haben. So ging das Spiel lange Zeit und wir machten sogar Verse auf den ehrlichen Bücklingsbändiger:

> Ganz Mylau steht unter dem Motto:
> Leute, kauft Euren Kram bei Otto!

Oder etwas deftiger:

> Wo rutscht man aus auf faulen Tomaten?
> Doch nur in Siewerts Lumpenladen!

Wir malten uns auch aus, wie Otto und Martha gemeinsam in den hinteren Gemächern zwischen Harzer Käse und RIESAER Nudeln wohl hausten, kurz: Otto und Martha Siewert waren für uns komischer und skurriler als Dick und Doof, als Clown Ferdinand, als alle Comics aus dem Fernsehen zusammen genommen.

Der Siewert hat sich also bleibende Verdienste um das Mylauer Gemeinwesen erworben: Er hat den Leuten in den nicht ganz so üppigen Zeiten der planmässigen Versorgung etwas zu Essen verkauft und er hat uns Kinder durch seine blosse Gegenwart erheitert und unterhalten. Sollte mal jemand die Geschichte des

Mylauer Einzelhandels erforschen und darstellen- vergesst mir meinen Siewert nicht!

Die Türkei

## Dr. S. und der Schlick

Mylau hatte in den 60ern kaum mehr als 7000 Bewohner. Viele waren noch kurz vor dem Berliner Mauerbau „abgehauen" und die zurück gebliebenen richteten sich auf eine lange Zeit des Ausharrens ein. Abgesehen von den politischen Verhältnissen, die die meisten Leute störten, war das Leben ja recht erträglich und nun, da dem Verlassen der Heimat gewisse Hindernisse gesetzt waren, konnte- und musste- man beginnen, Pläne für die nähere Zukunft zu machen. Man begann zum Beispiel auf ein Auto zu sparen oder noch ein Geschwisterchen fürs verwöhnte Einzelkind zu fabrizieren.

Das Städtchen bot seinen Bewohnern alles, was zum Leben notwendig war. Rund um den Markt gab es Geschäfte, die nach ihren Inhabern hiessen, also Zigarren-*Meier*, der *Albert*, der *Fischer's*-Bäcker, der Eisenwaren-*Popp*, der *Rucktäschel*, der Blumen-*Riemer*...Sie hiessen auch noch so, als ein Teil der Läden längst den staatlichen Handelsketten HO und KONSUM gehörte. Man kaufte seine Nudeln halt beim *Rucktäschel* und den Quark beim *Albert*. Für alles, was man sonst noch brauchte, gab es ebenfalls Fachgeschäfte. Für Schuhe und Kleider, für Knöpfe und Glühbirnen, für Briefpapier und Zeitungen. Sogar eine Milch-Bar gab es. Man hatte eine Sparkasse und eine Post und für die amtlichen Sachen musste man sich hoch hinauf auf die alte Kaiserburg begeben. Dort residierte der Rat der Stadt mit Wohnungsamt und Standesamt, wohl den beiden wichtigsten

Ämtern dieser Zeit. Und wenn jemand krank wurde, dann gab es zwei Ärzte in Mylau, den Dr. Steffel und den Dr. Schlickenhuber.

Die beiden Doctores konnten unterschiedlicher nicht sein und eigentlich teilten sich die Mylauer untereinander ein, zu welchem Arzt sie gingen. Wobei der eine immer mit seinem richtigen und vollständigen Namen genannt wurde: Dr. Steffel (manche nannten ihn sogar Sanitätsrat...!). Der andere wurde etwas despektierlich „Schlick" genannt- der etwas umständliche, aus dem Bayrischen stammende Name war den Mylauern zu lang und zu fremd.

Auch in Ihrer Art der Berufsausübung und Lebensführung unterschieden sich die beiden Heiler. Sanitätsrat Dr. Werner Steffel bewohnte ein villenartiges Haus am Marktplatz mit kleinem Vorgärtchen und Garagen. Betrat man das Haus, so stand man in einem düsteren und Respekt einflössenden Flur, von dem die Praxisräume abgingen. Dort wartete man, bis die Sprechstundenhilfe erschien und man sein Anliegen vorbringen konnte. Das Haus war offenbar für diesen Zweck gebaut, denn die Anordnung der Räume entsprach dem Ablauf eines Arztbesuchs. Da gab es also ein Wartezimmer, ein kleines Arztzimmer, daneben ein Behandlungszimmer, ein Röntgenzimmer und ein kleines Labor. Das Behandlungszimmer war mit den Gerätschaften eines praktischen Arztes bestückt und in der Mitte stand ein Gebährstuhl, denn Dr. Steffel war laut seinem Türschild „Praktischer Arzt und Geburtshelfer".

Der Doktor selbst war ein Akademiker alter Schule. Das drückte sich nicht nur in seinen Manieren und seiner Art zu sprechen aus, sondern auch in seinem Gesicht: Er hatte Narben im Gesicht, Mensuren, Schmisse. Er hatte also einer Burschenschaft angehört, zu deren Ritualen das Verzieren von Jünglingsgesichtern mittels Krummsäbel gehörte.

Beim Doktor Schlickenhuber ging es eher rustikal zu. Er hatte seine Praxis etwas abseits des Marktplatzes, aber immerhin nicht mehr als 200 m von seinem Kollegen entfernt. Dort praktizierte er gemeinsam mit seiner Frau, die ebenfalls Ärztin war, in eher kleinen engen Räumen. Wofür sein Kollege mit den Schmissen ein ganzes Zimmer hatte, das fand beim *Schlick* unter einer Liege Platz: die Patientenkartei.
Und so wie die beiden Ärzte sich selbst gaben, so unterschiedlich war auch ihre Klientel. Wer sich für etwas Besseres hielt, der ging in die grosse Praxis mit den vielen Türen. Wer aber eher praktisch veranlagt war und selbst wusste, was ihm gut tat, der ging zum Doktor um die Ecke. Der war nämlich bekannt für die überaus entgegenkommende Frage: Nun, was wolln's denn haben? Und dann bekam man, was man haben wollte, auch den Krankenschein, um mal der Arbeit fern bleiben zu können.

Beim Dr. Steffel ging es da eher kühl und nach den Regeln der Kunst zu. Dafür sorgte auch seine Sprechstundenhilfe, die eigentlich seine Schwägerin war und die, wie man hartnäckig munkelte, ihm näher stand als es unter Verwandten üblich ist. Wer die Frau des guten Doktors kannte, der verstand, warum das vielleicht wirklich so war. Die war zwar von einer gewissen burschikosen Herzlichkeit, ansonsten aber weniger attraktiv als

ihre Schwester. Aber sie war offenbar als die ältere zweier Fabrikantentöchter eine gute Partie gewesen und so hat der Doktor die eine mit ihrem Geld geheiratet und die andere später angestellt. *Menage a troit* nennt man das wohl.
Er hat es richtig gemacht, denn offenbar ging es dem Dr. Steffel auch in den kargen Jahren nach dem Krieg nicht so schlecht. Das deutlichste Indiz dafür war die Tatsache, dass der Doktor seine Hausbesuche mit dem Auto machte, mit einem Wagen der Marke WARTBURG- zweifarbig! Da sass er dann mit Hut und Zigarre hinterm Steuer und gab das Bild eines wirklichen Herren. Und als ob das nicht genug gewesen wäre: Er besass auch noch ein Motorrad. Damit gehörte er endgültig einer Sphäre an, der sich Normalbürger nur noch mit höchster Ehrerbietung nähern. Dem entsprechend wurde auch die Hochzeit der Arzttochter als gesellschaftliches Ereignis ersten Ranges betrachtet. Als die Hochzeitsgesellschaft die Mylauer Kirche verliess, da stand der Markt voller Menschen, die alle sehen wollten, wie Doktors heiraten. Das hat es danach nie wieder gegeben.
Ob dem *Schlick* oder seinen Töchtern jemals solche Ehre und Aufmerksamkeit zu Teil wurden, ist nicht bekannt.

Die Marktschule

## Der Kinderdieb

Mylau im Vogtland hat heute nur noch wenige Einwohner und die Zahl der Kinder ist in den Jahren der herbeigesehnten Marktwirtschaft ebenfalls immer kleiner geworden. In meiner Kindheit aber waren wir noch viele; jeder Schuljahrgang hatte so um die 50 bis 60 Kinder. Besonders deutlich konnte man diesen Segen unmittelbar bei unserem Haus beobachten. Dort gab es nämlich einen ziemlich grossen Garten, den wir aber allgemein „Hof" nannten, obwohl er gar nichts hinterhofmässiges hatte. Da gab es mehrere Stücke Wiese, Gebüsch, Obstbäume, kleine Küchengärten sowie Schuppen und Hasenställe. Das absolut tollste aber war ein asphaltierter Spielplatz von ungefähr 10 auf 15 Metern den wir einfach den „Platz" nannten. Der war gross genug zum Rollern oder Radfahren, hart genug für aufgeschlagene Knie und eben genug zum Malen (meist suchten wir uns sogenannte Malsteine, also weiche Steine, die sich für dem Zweck eigneten- richtige Kreide war eigentlich Luxus). Zum Haus hin war dieser Platz mit einer Art Trockenmauer abgeschlossen, die gerade hoch genug war, dass man sie mit einem Sprung überwinden konnte - schöner kann man keinen Spielplatz anlegen. Dieses Gesamtkunstwerk von einem Hausgarten war locker umgeben von Wohnhäusern und darin lebte eine heute geradezu unglaubliche Anzahl Kinder. Über Jahre dürften es nie weniger als 5, meist aber 10 Kinder gewesen sein, die sich nachmittags im Hof zum Spielen trafen. Für unsere Mütter war dieser Spielplatz ebenfalls absolut ideal, hatten sie uns doch mit einem Blick aus dem Küchenfenster unter Kontrolle. Noch besser aber war, dass wir unseren Hunger auf einfache Weise stillen konnten. Wir riefen einfach unsere Mütter ans Fenster und baten um eine Bemme (das ist eine Scheibe Brot mit was drauf oder genauer gesagt: mit was dazwischen). Und dann geschah nach kurzer Zeit das Wunderbare: es regnete Brot vom Himmel. Wie dunnemals das göttliche Manna herab fiel, so segelte eine Tüte mit Wurstbrot hernieder. Der Inhalt wurde dann mit den Spielkameraden brüderlich oder schwesterlich geteilt.

Wie gesagt, das Areal bot verschiedene Möglichkeiten an, sich die Zeit zu vertreiben. Da waren zum Beispiel dichte Weissdornbüsche (die Art erlangte später landesweite Beachtung als „Knallerbsenstrauch am Maschendrahtzaun"), zwischen die man kriechen konnte, die Eingänge und Ausgänge hatten, dazwischen kleine Höhlchen, die wir zu Zimmern erklärten. Wir nannten dieses Gebüsch unser „Lager". Dort liessen sich alle möglichen Spiele spielen, man konnte sich verstecken oder auch wertvolle Fundstücke lagern. Der absolute Hammer aber war es, als eines Tages ein Grammophon auftauchte. Einer der grösseren Jungs (er hat mich oft übel gequält, deshalb denke ich seiner mit gemischten Gefühlen) hatte es irgendwo gefunden und in unser Gebüsch geschleppt. Dort hörten wir nun immer und immer wieder den Flohwalzer oder eine Scheibe, die wir die Lachplatte nannten, weil da ein Mann nichts weiter tat, als singend zu lachen oder lachend zu singen- je nach dem.

Auch im Winter bot der Garten genügend Spielmöglichkeiten. Zur einen Seite hin war er nämlich abschüssig, steil genug zum Rodeln oder Skispringen. Wir bauten also einen kleinen Hügel aus Schnee und sprangen darüber. Weiten von ein bis zwei Metern waren keine Seltenheit!
Natürlich war dieser wunderbare Spielplatz nicht nur den Kindern aus den unmittelbar anliegenden Häusern vorbehalten, es durften auch Spielkameraden mitgebracht werden. Im Hintergrund achteten unsere Mütter ein wenig darauf, dass sich nicht Hinz und Kunz dort vergnügten, aber im Grunde gab es ein reges Kommen und Gehen. Einer der Stammgäste war mein Freund Thomas Pfannkuch, genannt Pfanne. Pfanne wohnte kaum hundert Meter weiter und war jahrelang mein Spielkamerad. Wir hatten uns durch einen Stein kennen gelernt. Diesen Stein hatte Pfanne mir an den Kopf geworfen und aus diesem Attentat beziehungsweise der fälligen Reue ist eine jahrelange Kinderfreundschaft entstanden. Gemeinsam durchstreiften wir Wald und Flur und bestanden die Abenteuer, die dort auf uns warteten. Eines war wirklich lebensgefährlich.

Zu der betreffenden Zeit wurden Kinder immer wieder gewarnt, auf keinen Fall mit fremden Menschen, genauer gesagt Männern, zu gehen. Man sagte: Ein Kinderdieb geht um. Nein, so sagte man es natürlich nicht, sondern man nannte das Phantom auf gut Vogtländisch *Kinnermauser*. Offenbar nahm man es damals nicht so unglaublich wichtig, wenn Kinder gemaust wurden, sonst hätte man vielleicht *Kinnermörder* gesagt oder *Kinnerschänder*. Bei *mausen* denkt man eher an einen

Schabernack, der vergeben ist, wenn das Gemauste zurück gegeben wird. Jedenfalls waren wir gewarnt: Ein *Kinnermauser* geht um. Eines Tages war ich mit Freund Pfanne unterwegs in unseren Jagdgründen. Ich glaube, wir wollten zu einer Wiese gehen, auf der Sauerampfer wuchs. Den konnte man essen. Nachher konnte man gut kacken, aber das ist eine andere Geschichte. Wir näherten uns also unserer Wiese, als wir in gut 100 Metern Entfernung einen Mann sahen, der mit einem Sack hantierte. Sofort schoss uns die Warnung durch den Kopf: Vorsicht, Kinnermauser! Wir waren überzeugt, den Unhold leibhaftig vor uns zu sehen. Noch ein Schritt und er hat uns im Sack. Meine Güte- so gerannt bin ich mein ganzes Leben nicht mehr. Ich glaube, wir sind am Stück 1000 Meter in Rekordtempo gerannt. Vollkommen ausser Puste erreichten wir unser Lager im Hof, verkrochen uns und liessen den Schauer des Erlebten noch etwas nachwirken.

Thomas Pfannkuch hiess wirklich so, aber viele Jahre später wollte es meine kleine Tochter nicht glauben, dass es jemanden mit solchem Namen wirklich gab. Ihr muss es wohl so wie Pippi Langstrumpf geklungen haben oder Heinrich Pumpernickel. Nein, nein- es war sogar eine ganze Familie, die diesen hübschen Namen trug. Kein Mensch aber kann mehr sagen, ob es den Kinnermauser wirklich gegeben hatte oder ob er nur ein Phantom war.

Die Stadt Mylau mit Kirche

### Wir marschieren nach Smolensk!

**A**ls ich Kind war, da war der zweite der beiden grossen Weltkriege noch nicht lang zu Ende. Freilich- ich hatte ihn nicht mehr erlebt. In den Gesprächen der Erwachsenen aber war er immer noch sehr gegenwärtig. Die alten Frauen, die sich regelmässig bei meiner sehr alten Tante trafen, sprachen mitunter von jemandem, der *gefallen* war. Natürlich stellte ich mir das genau so vor: Jemand war hin gefallen. Kein Fernseher oder Kino brachte mir die entsprechenden Bilder dazu. So war man allein auf die Fantasie angewiesen. Die wurde auch aus einigen Gegenständen gespeist, die ich hier und da in den Schubladen, auf dem Dachboden oder in Gerümpelecken fand. Ein Onkel zum Beispiel war Fallschirmjäger gewesen und so war ein Messer zurück geblieben. Es hatte eine ungewöhnlich breite Klinge, die aus dem grossen Holzgriff hervor glitt, wenn man eine kleine Feder drückte, und zusätzlich noch einen langen Dorn. Mein Opa erklärte mir, dass man so etwas brauchte, um die Leinen des Fallschirms zu zerschneiden, wenn man gelandet war. Vielleicht konnte so ein Messer auch machen, dass jemand fiel und nicht mehr aufstand- aber so einer war der Onkel bestimmt nicht gewesen. Es war einfach nur ein faszinierendes Ding. Schade nur, dass ich es nicht meinen Freunden zeigen durfte. Das hatte der Grossvater streng verboten. Überhaupt gab es da noch so ein paar Sachen, die durfte keiner sehen. Zu aller Erst war es eine Kiste mit kleinen Soldaten. Da gab es einfache Infanteristen, Panzersoldaten mit schwarzem Barret, einen kleinen General, einen reitenden Paukisten (das ist ein Soldat mit Stahlhelm und allem drum und dran, der auf einem Pferd reitet, welches auch noch zwei Kesselpauken zu schleppen hat- also ein reitender Militärschlagzeuger), Handgranatenwerfer, Maschinengewehrsoldaten, Soldaten mit Ziehharmonika oder beim Rasieren- im Krieg gabs also auch frohes Lagerleben. Gefallene Soldaten gab es in dieser Sammlung nicht. Mit diesen Sachen durfte ich in Omas Küche spielen, aber niemals gemeinsam mit Altersgenossen- die Soldaten trugen zwar die gleiche Uniform wie später die nationalen Friedensschützer, hatten aber die falschen Helme auf…

Die kleinen Elastolin-Helden fielen schliesslich einem ideologisch korrekten Säuberungsakt eines anderen Onkels zum Opfer. Der war sozusagen der familiäre Gegenentwurf zum Fallschirmjäger- zum Heldentum war er zu spät geboren. So war er das ideale Material, aus dem man nach dem Krieg Neulehrer schnitzte. Er gehörte der Generation an, die geschworen hatte, bis zum Abschluss eines Friedensvertrags mit Deutschland ein blaues Hemd zu tragen. Im Laufe der Jahre haben sie alle ihren Schwur vergessen- so viele blaue Hemden gab es gar nicht und später hat man dann allgemein auf blaue Hosen geschworen. Als der Blauhemd-Schwur aber noch halbwegs frisch war, da hat Onkel Junglehrer die schönen kleinen Spielzeughelden genommen und samt der Kiste in einen Bach geworfen.

Meine kindliche Fantasie jedoch war ganz und gar nicht in den Bach gefallen- man musste sich halt etwas einfallen lassen. Aus

Resten von Baukästen der schwäbischen Traditionsfirma MÄRKLIN entstanden unter meinen Händen wunderbare Nachbildungen von Maschinenpistolen. Im Gegensatz zu den weit verbreiteten Holzgewehren hatte so ein Teil das richtige Gewicht. Leider weckte man damit auch die Begehrlichkeiten der grossen Jungs. Irgendeiner dieser Mit- und Gegenspieler hat mir mein schönes MÄRKLIN-Gewehr dann auch abgenommen. Es war der Tag, als wir nach Smolensk marschierten...

Zu Beginn der 60er tauchten im Kino Spielfilme auf, die das Geschichtsbild der Jugend in die gewünschte Richtung drehen sollten. Die Filme handelten von kleinen russischen Mädchen, die im Krieg ihren Vater suchten oder von einem Hund in einem Moor (nein, nicht Baskerville!) oder vom KZ. Die Dramaturgie der Streifen war stets ähnlich: Grausame aber dumme deutsche Soldaten kämpften gegen freundliche, kluge Rotarmisten, standhafte Grenzschützer gegen hinterhältige Spione oder unbeugsame Häftlinge gegen erbarmungslose Wärter. Merkwürdigerweise wollte keiner von uns beim Nachspielen des Gesehenen ein kluger Sowjetsoldat sein und sich Wolodja nennen. So kam es, dass einer der grossen Jungs, die sich zum Führer unserer kleinen Schar gemacht hatten, eines schönen Nachmittags den unvergesslichen Befehl gab: Jetzt marschieren wir nach Smolensk! Da nahm ich mein schwäbisches Blechgewehr und folgte dem Ruf- rein pädagogisch betrachtet hatte die DEFA versagt.

Übrigens beschwerten sich unsere Eltern bei der Schule über die grausamen Filme, in die man uns manchmal während der Schulstunden führte. Und sie hatten sogar Erfolg damit. Die Propagandafilme versanken in den Archiven und wurden nicht mehr gesehen. Nur im Fernsehen gab es immer und immer wieder einen Streifen, in dem fünf Patronenhülsen die Hauptrolle spielten- neben den Herren Krug und Müller-Stahl. Auch dieser Film galt damals als Nachmittagsunterhaltung für Kinder, wurde er doch in einer Sendung von einem Schneidermeister namens Nadelöhr präsentiert. Der hatte ziemlich viel Ähnlichkeit mit dem tapferen Schneiderlein der Brüder Grimm, also mit einem ausgewiesenen Lügner und Aufschneider. Er war trotzdem populär und sendete tapfer gegen die Konkurrenz aus West, die listig auf Kriegsfilme verzichtete und stattdessen Tieren den Ideologietransport überliess. Da gab es mehrere Pferde, die *King*, *Mister Ed* (der konnte sogar sprechen) oder *Fury* hiessen oder Hunde, deren berühmtester ein Collie namens *Lassie* war. Alle diese Tiere lebten bei einfachen fleissigen Leuten und gehörten den Kindern dieser Familien. Die wiederum genossen eine Reihe von bemerkenswerten Freiheiten, zum Beispiel mussten sie nicht mit Messer und Gabel essen, sondern alles wurde mit der Gabel in der Rechten verspeist. Höchst nachahmenswert! Die Abenteuer der Tiere liessen sich nicht so gut nachspielen. Wer wollte schon ein schwarzer Hengst sein, der alle möglichen Gefahren auf 50 Meilen gegen den Wind wittert und dann aufgeregt wiehert. Landser sein auf dem Weg nach Smolensk war da entscheidend spannender. So lernten wir unsere heimatliche Umgebung als

Krieger kennen. Smolensk war in alten Steinbrüchen, auf Waldlichtungen, an der grossen Brücke, auf dem Güterbahnhof oder hinter einer Hecke. Wer zählt die Zaunlatten, die als Schiessgewehr gebraucht wurden oder die Astgabeln, die in unseren Händen zu Colts wurden. Es gab Zeiten, da ging ich unbewaffnet gar nicht aus dem Haus.

Später mündete das alles ins Cowboy-Spiel am Fuss unserer grünen Hügel. Cowboy sein hatte von allem etwas: Man war männlich, sportlich, naturverbunden, bewaffnet- und alles, ohne dass man *gegen* etwas sein musste. Cowboy durfte jeder sein- ausser Mädchen natürlich. Cowboys waren freie Leute. Und sie hatten Namen wie Jim, Jack oder Joe, Namen die man zwischen den Zähnen hervorquetschte. Man stelle sich einen ähnlich genuschelten Wladimir vor! Unmöglich! Und ausserdem hatte man bessere Chancen bei den Weibern, sang doch Fräulein Henning, dass sie einen Cowboy zum Mann haben wollte. Das wirkte. So wurden wir für eine Weile Cowboys im wilden Osten.

Das Kino „Capitol"

## Knusper-knusper-knäuschen...
## Eine Mylauer Kriminal- und Sittengeschichte

Hinter sieben Hügeln- wenn man etwas Fantasie hat- liegt die kleine Stadt Mylau. Von den Wirren der Zeitläufte wie Kriegszügen, Feuersbrünsten, Pest, Cholera und anderer Unbill blieben die braven Bürger weitgehend verschont. Der Ort machte also seinem Namen alle Ehre- *milan* steht für „ruhig gelegen". Gleichwohl, auch die Mylaner waren zu allen Zeiten den politischen Verhältnissen um sie herum unterworfen und der eine oder andere Einwohner fühlte sich auch berufen, ein wenig mitzumischen im grossen Spiel. Als zum Beispiel Anfang der 1930er Jahre der Kampf der Roten gegen die Braunen tobte, da hatten ein paar grosse rote Jungs eine fabelhafte Idee: Wie wäre es, wenn man die grosse Brücke als Plakatwand nutzte? Es muss eine Heidenarbeit gewesen sein, aber sie haben es geschafft- eines schönen Morgens prangte von der Brücke die Aufforderung „Wählt Thälmann!" in Meter hohen weithin sichtbaren Lettern. Nach heutigen Massstäben war der Coup eher eine Mutprobe als eine wirksame Werbung, denn wirklich *sehen* konnten die Losung bestenfalls wenige Hundert Menschen. Die vielen, die oben über die Brücke fuhren, konnten nicht ahnen, dass unter ihnen die trotzige Aufforderung stand.
Die roten Wahlhelfer aber wurden der Polizei schnell bekannt, schliesslich handelte es sich um einen schweren Fall von wildem Plakatieren und Sachbeschädigung und überhaupt. Richtig unangenehm wurde es für die Burschen aber erst, als die Leute

nicht Thälmann sondern den Anderen gewählt hatten. Da gab es von den Braunen noch mal richtig was auf die Mütze für die unverschämte Instrumentalisierung der alten Brücke.
Aber das Leben kennt viele Wendungen. Als die Wahlgewinner nach 12jähriger Legislaturperiode, während der sie auf weitere Wahlen verzichtet hatten, von der Bühne der Geschichte abgingen, da waren die Brückenverzierer plötzlich zu Helden geworden und fanden sich unversehens im Besitz der Macht. Das nächtliche Pinseln hatte für die kleine Gruppe späte Früchte getragen. Sie gehörten nun zu den Bestimmern im kleinsten Kreis der kleinen Republik und wurden nicht müde, der Schuljugend von ihren Streichen zu erzählen und auch von der Prügel, die sie dafür bekommen hatten. Einer der Malergesellen war Wilhelm Sauer.

Wie gesagt: Herr Sauer war ein Roter und als nach dem 2. Weltkrieg diese Farbe auch in Mylau Mode wurde, da wurde aus dem Brückenmaler ein Funktionär. So ein Amtsträger muss natürlich eine passende Adresse haben- eine, die zu seinem Vorleben und seiner Gesinnung passt. Also erhielt die Strasse, in der Herr Sauer wohnte, den Namen des Mannes, der die Wahl damals *nicht* gewonnen hatte- obwohl man so viel Farbe verbraucht hatte. Die Familie Sauer wohnte von nun an in einem schönen Miethaus in jener Mylauer Strasse, die nach dem Hamburger Kommunistenführer benannt wurde und noch heute so heisst.

Man kann sich vorstellen, dass die neuen Würdenträger von den Mylauern misstrauisch beäugt wurden. In solch einer kleinen Stadt kennt man einander nur allzu gut. Da müssen die Leute schon grinsen, wenn einer das Maul zu voll nimmt oder sich gar über seine Herkunft erhebt. Im Fall der Familie Sauer war das ebenso. Die Nachbarn beobachteten sehr genau, was da so vor ging bei der nunmehr führenden Familie, wie man sich benahm, was man tat und was man nicht tat. Aber wie das halt so ist bei Leuten, die auf der Wurstsuppe zur Macht geschwommen kamen: Sie kümmern sich wenig um ihren guten Ruf.

Die Familie, die alsbald ganz Mylau in helle Aufregung versetzen sollte, hatte auch zwei Töchter. Beide waren nicht hässlich und nutzten ihre Chancen beim anderen Geschlecht. Der einen der beiden fiel der Kontakt zu jungen Männern besonders leicht. Das allein war schon Grund genug für die aufmerksame Öffentlichkeit, ein wenig die Nase zu rümpfen und die Ohren und Augen noch etwas weiter aufzumachen. Und siehe- die Aufmerksamkeit wurde belohnt: Eines Tages ward ein Kindlein geboren, ein Vater jedoch war nicht zu sehen. Wie haben die Mylauer sich die Mäuler zerrissen! Es war ein Fressen der besonderen Art: Des Obergenossen Tochter war Mutter geworden und keiner wollt's gewesen sein.
Aber wie das so ist- das Leben kehrt in seine Bahnen zurück und auch bei Sauers schickte man sich ins Unvermeidliche. Man hatte halt jetzt ein Enkelkind mit im Hause. Das wurde gehätschelt wie alle Enkel von allen Grosseltern und bekam eines Tages sogar ein eigenes Lenkrad eingebaut in Opas P 70 (ja, ja- *rechts* vorn;

Kinder durften damals ohne Gurt und alles auf dem Beifahrersitz Platz nehmen). Auch die Nachbarn beruhigten sich wieder und gingen ihren eigenen Angelegenheiten nach. Die Beschaffung der knappen Lebensmittel war allemal wichtiger als der Sauersche Fehltritt.

So ganz gleichgültig war ihnen das weitere Schicksal der Funktionärssippe aber doch nicht. Man äugte weiter. Vor allem fiel auf, dass die junge Mutter offenbar Geschmack am Umgang mit Männern gefunden hatte. Da gab es ein reges Kommen und Gehen und alles wurde betuschelt und kommentiert.

Es gibt einen amerikanischen Gelehrten namens Murphy, der einige wirklich wichtige Gesetze entdeckt hat. Jeder, der das Leben kennt, kennt auch diese Gesetze, denn sie sind die Essenz aus menschlicher Erfahrung seit man weiss, dass der Regen von oben nach unten fällt. Eines dieser Gesetze lautet: Was passieren kann, das passiert auch.

Auch im Falle der lebenslustigen Sauer-Tochter passierte etwas- und zwar zum zweiten Mal. Die Nachbarschaft registrierte mit Schadenfreude: Da wächst ein zweites Enkelchen. Wenn die Mäuler nicht schon vom ersten Mal so mitgenommen gewesen wären- nun wurden sie vollends kaputt geschwatzt.

Aber es gibt ein weiteres Murphysches Gesetz: Das Leben hält immer noch eine Überraschung bereit. Im vorliegenden Fall war es eine ziemlich grosse Überraschung, denn eines Tages waren die Rundungen der werdenden Mutter verschwunden, ein Kind jedoch war nicht zu sehen. Die Leute äugten und tuschelten, forschten und fragten- kein Kind. Da wandten sie sich an die Obrigkeit, an die Polizei. Die kam, stellte das Haus auf den Kopf und fand in einem Ofen, was die Öffentlichkeit vermutet hatte: Ein totes Baby.

Nun war der grausige Fund nicht einfach ein Kriminalfall- er war mehr. Er war eine *affaire publique* in der kleinen Stadt im kleinsten Kreis. Schliesslich war eine Funktionärsfamilie betroffen, eine die sich über andere erhoben hatte und sich auch nach Blockwartart zum Wächter über Empfang und Nichtempfang beliebter Fernsehsender gemacht hatte (Sauers Wohnungsnachbar zum Beispiel stellte jahrelang ein Kissen zwischen Fernseher und Wand, um die Fanfare der Tagesschau zu dämpfen- Herr Sauer und seine Gemahlin hatten ihr Schlafzimmer auf der anderen Seite!).

Wie auch immer- die Volksseele kochte; nun wollte man sehen, wie die Gerechtigkeit des Lebens Form und Gestalt annahm. Wieder kam es anders.

Zunächst einmal wurde der Fall hinter verschlossenen Türen verhandelt; die interessierte Mylauer Öffentlichkeit war ausgeschlossen. Dabei hätte man doch gar zu gern gewusst, welche Rolle die Mutter des gefallenen Mädchens gespielt hatte. Der musste der Zustand ihrer Tochter ja aufgefallen sein und auch die wundersame Verwandlung zurück. Gab es da helfende Hände? Man weiss es nicht.

Des Weiteren kam das Gericht zu einem recht milden Urteil. Man billigte der Täterin zu, im Zustand äusserster Not und Verwirrung

gehandelt zu haben- drei Jahre waren dafür als Strafe offenbar angemessen.
Zu guter Letzt lernte die Verurteilte im Gefängnis einen jungen Polizisten kennen. Der hat sie dann endlich geheiratet- in Weiss! Mylau vergisst nicht!

Das Haus jedoch, in dem das alles geschah, wurde fortan „das Knusperhaus" genannt. Ich muss es wissen, ich habe auch darin gewohnt.

Das Knusperhaus

## Freibadgeschichten

*oder*

### Wie wir das King erfanden.

Mylau hatte in den 60ern alles, was eine kleine Stadt brauchte: einen Marktplatz, zwei Schulen, eine respektable Kirche, ein Kino, einen Friedhof, mehrere Turnhallen und Sportplätze, zwei Bahnhöfe und einen Haltepunkt, ein paar Lokale, dazu einige Fabriken- alles, was in Jahren des wirtschaftlichen Wohlstandes gewachsen war und nun angesichts der weniger werdenden Einwohner alles um eine Nummer zu gross erschien.

Eine besondere Anziehungskraft aber übte das Freibad aus. Man hatte es in einem schmalen Tal angelegt, zu Füssen eines kleinen Felsens. Dadurch hatte man ein ganz besonderes Gefühl beim Schwimmen: Man badete und blickte gleichzeitig „in die Berge"- nennen wir es also ein Schliersee-Gefühl.

Das grosse Schwimmbecken war an der einen Seite von Umkleidekabinen umgeben, dem Bademeisterhäuschen mit einer gut sichtbaren Uhr (wer hatte schon als Kind eine eigene Uhr!), Duschen für Männer und Frauen, dem Sprungturm und Toiletten. Auch an einen kleinen Kiosk zum Verkauf von Erfrischungen und entsprechende Gartentische war gedacht. Zur anderen Seite gab es Liegewiesen mit grossen, Schatten spendenden Bäumen, einen Volleyballplatz und eine

Rollschuhbahn. Die war etwas Besonderes und soll noch näher betrachtet werden.

Der Gang ins Freibad war zur Ferienzeit bei entsprechendem Wetter das ultimative Vergnügen für Kinder und Halbstarke, wie man damals Jugendliche zwischen 14 und 20 Jahren nannte. Im Bad spielte sich alles ab, was man von einem schönen Sommertag erwartete. Man traf Altersgenossen und konnte sich in den verschiedenen Mutproben und Kunststücken messen, und man traf Mädchen und konnte vergleichen, um wieviel sich ihre Körper von Sommer zu Sommer verändert hatten.
Wenn man sich dem Kassenhäuschen näherte, konnte man zuerst am Geruch feststellen, dass man ein Freibad betrat- es roch nach Chlor. Und ohne hinzusehen konnte man am Geräusch erkennen, wie viele Leute bereits da waren. Vor allem die, die sich im Wasser tummelten, schrien und riefen einander oder sprangen vom Beckenrand, von den Startblöcken oder von den Sprungbrettern und das entsprechende Geräusch war weit vor der Kasse zu hören. Genau betrachtet war dieses Geräusch ein Mass für die zu erwartende Wassertemperatur. Je grösser das Gekreische, umso höher. Alles was höher als 18 Grad war, galt als warm, waren es gar 21 oder 22 Grad, dann sprach man von „warmer Brühe". Das war es natürlich ganz und gar nicht und so gehörten auch an warmen Tagen Kinder zur Szene, die zitternd vor Unterkühlung mit blauen Lippen am Beckenrand standen und sich trotzdem wild entschlossen abermals ins Wasser stürzten.

Beim Eintrittsgeld konnte man zwischen Kabine, Umkleidehalle und „Wiese" wählen. Wiese war billig, vielleicht 10 Pfennige und man ging eben einfach auf die Wiese und zog sich dort um. Dabei bedeckte man seine Blösse mehr oder weniger geschickt mit einem Handtuch oder jemand anderes hielt einem eine Decke vor- man war schamhaft. Für zwanzig Pfennige durfte man die Umkleidehalle benutzen. Die hatte was von einer Scheune, mit Haken für die Kleider und hölzernen Bänken.

Zahlte man aber 30 Pfennige, so bekam man einen Schlüssel und durfte eine der kleinen Kabinen am Beckenrand benutzen. Der Schlüssel war hinderlich beim Herumtoben und so legte man ihn oben über der Tür auf einen Balken oder versteckte ihn in einer Ritze.

Auf dem Weg in die Umkleidekabine sah man sich dann nach den Leuten um. Da gab es welche, von denen wusste man ganz genau, wo sie sich aufhielten, weil sie eben immer da waren- vom ersten bis zum letzten Tag der Saison. Einen gab es, der war der wildeste aller Sonnenanbeter. Mit tiefbrauner Haut fand man ihn jahrein, jahraus auf seiner Stammliege und wegen seines eigentümlichen Gesichtsschnitts erinnerte er ein wenig an einen Orang-Utan. Andere sah man nicht so gern, gab es doch mit bestimmten Altersgenossen ab und zu das, was man heute Zoff nennt.

Es gab kleine Kabinen, gerade mal einen Meter breit, für ein oder zwei Personen und die etwas grösseren Familienkabinen. Diese Kabinen dienten nicht nur dem Umziehen oder der Aufbewahrung der Kleidung, sie waren auch Rückzugsräume und

Verstecke bei allfälligen Verfolgungen und sie hatten eine höchst erotische Ausstrahlung. Um das, was im Halbdunkel der Kabinen geschah, rankte sich die Fantasie vor allem der kleinen und grösseren Jungs. Man wusste: Hinter diesen dünnen Holztüren standen die Schönen des Sommers, die Königinnen des Freibads nackt und rieben sich trocken. Natürlich suchte man nach Astlöchern in den Zwischenwänden und half gelegentlich mit einem Messer etwas nach. Dann musste man sich nur noch mäuschenstill verhalten und darauf warten, dass jemand die Nachbarkabine betrat und sich auszog. Welche Enttäuschung, wenn ausgerechnet über das Guckloch ein Handtuch gehängt wurde! Oder wenn statt einer Königin die Königinmutter erschien.

Eine zentrale Rolle in unserem Bad spielte der Sprungturm. Er hatte die enorme Höhe von 3 Metern und forderte entsprechende Mutproben geradezu heraus. Man versuchte sich in den verschiedenen Sprungstilen und konnte sich allgemeiner Aufmerksamkeit sicher sein. Höchste Bewunderung erntete, wer sich auf Händen laufend dem Abgrund näherte und sich dann mit einer Drehung ins Wasser fallen liess.
Am Beckenrand ging der Bademeister auf und ab und sorgte allein durch seine Anwesenheit für etwas Ordnung und die Einhaltung kleiner Sicherheitsregeln (kleinere Kinder unter Wasser drücken war verboten!) Manchmal sorgte er auch dafür, dass ein vor Kälte klapperndes Kind sich unter der warmen Dusche erwärmte- um danach abermals für eine Stunde im 18 Grad kalten Wasser zu planschen. Eine seiner wichtigsten

Funktionen war auch, durch schrillen Pfiff der Bademeisterpfeife auf ein herannahendes Gewitter aufmerksam zu machen. Dann hatte man das Becken schnell zu verlassen, denn der Anblick Bauch oben schwimmender Blitzleichen hätte dem guten Ruf der Badeanstalt geschadet.

Dass er ein *Bade*meister war konnte man auch daran erkennen, dass er sich niemals auf den Liegewiesen sehen liess. Dort war man seinen Blicken völlig entzogen, was bei Prügeleien je nach dem günstig oder nachteilig war. Der Bademeister erteilte auch den Schwimmunterricht und war somit auch Schwimmmeister. Der Kurs begann mit einer Mutprobe: Der angehende Schwimmschüler musste, obwohl des Schwimmens ja noch unkundig, vom Ein-Meter-Brett ins tiefe Wasser springen. Kam er dann völlig verwirrt zur Oberfläche zurück und schnappte in Todesangst nach Luft, so reichte ihm der Schwimmmeister eine Stange und zog ihn an den Beckenrand. Todesfälle als Folge dieses pädagogisch wertvollen Verfahrens sind nicht bekannt geworden. Danach lernte man mittels Schwimmkissen und Brettern das Schwimmen- meistens. Man hat den Schwimmmeister übrigens niemals im Wasser gesehen, so dass die Frage erlaubt ist, ob er überhaupt selbst schwimmen konnte...

Etwas Einmaliges war die bereits erwähnte Rollschuhbahn. Sie bestand aus einer ebenen Betonfläche von 8 mal 20 Metern, durch Fugen unterteilt in Quadrate 4 auf 4 Meter. So hatte man also eine schachbrettartige Teilung, was zum Rollschuhlaufen eher hinderlich war. Ich habe aber niemals jemanden Laufen sehen; stattdessen wurde von den halbwüchsigen Jungen eigens für diese Fläche ein Spiel erfunden: King! Niemand ausserhalb Mylaus kennt dieses Spiel, wenngleich es eigentlich überall gespielt werden kann. Man braucht nur dieses Schachbrettmuster und einen Ball. Und natürlich Spieler, einen in jedem Feld. Dann wird nach Tennisregeln der Ball von Feld zu Feld gekickt. Nur einmal darf er tippen, dann muss er mit Fuss oder Kopf weiter befördert werden. Wer zehn Fehler gemacht hat, scheidet aus. Und wer am Ende übrig bleibt ist- King! Wahre Ballkünstler konnte man da beobachten, die auch aus hoffnungsloser Position den Ball noch trafen, ihn manchmal sogar noch auf den Oberschenkeln balancierten, von dort auf den Fuss fallen liessen und so im Nachbarfeld platzierten, dass der Gegenspieler keine Chance hatte.

King war eigentlich schon alleine Grund genug, nach Mylau ins Freibad zu gehen. Es war die Zeit, als die ersten Kofferradios auftauchten und daraus Peter Kraus sein Sugar-Baby Gabi besang oder ein italienischer Trompeter laut „Il silencio" schmetterte. Und natürlich waren es die Sommer, als die Beatles und die Stones und all die anderen wilden Bands unsere Gedanken beherrschten. So spielten wir also King und hörten laute Musik und wenn unsere Mütter beim nach Hause kommen fragten, was wir denn so getrieben hätten im Bad und die Antwort lautete: „King gespielt", dann konnten sie beruhigt sein, dann hatten wir etwas Rechtes getrieben.

Dieses Spiel, das auf subtile Weise ja auch an *King Elvis* erinnerte, war sicherlich mit ein Grund, weshalb die Bäder der Nachbarorte bei weitem nicht so populär waren. Erst als in der Gegend eine Talsperre gebaut wurde, verlor das Freibad seine einmalige Anziehungskraft und damit auch seine soziale Funktion als Schauplatz kleiner Eitelkeiten, jugendlicher Balzrituale und halbstarker Revierkämpfe. Die Schönen des Sommers zeigten sich nun ganz nackt am FKK-Strand, bei Gewitter rannten dort alle freiwillig zu den Autos, Musik kam vom Kassettenrecorder und das exklusive King-Spiel wurde nirgendwo mehr gespielt.

Das Freibad Mylau

## Ein rabenschwarzer Tag

Mylau sei der Nabel der Welt, die Perle des Vogtlands- so jedenfalls meinte einer meiner Schulfreunde. Und wirklich: Wenn man so von einer Anhöhe auf die kleine Stadt herab sieht, dann liegt sie tatsächlich da wie ein kleiner Bauchknopf zwischen den sanften Höhen des nördlichen Vogtlandes. An Selbstbewusstsein hat es uns also nicht gemangelt. Das wurde auch durch die grosse Brücke genährt, die sich ja „Grösste Ziegelbrücke der Welt" nennen darf. Um die Rechte an dieser Brücke gab es unter uns Jugendlichen gewisse Streitigkeiten mit den Altersgenossen aus dem Nachbarort. Auch dort erhob man Anspruch, sich im Glanz des technischen Denkmals sonnen zu dürfen. Aber es steht nun einmal fest: Die Brücke steht zum allergrössten Teil auf Mylauer Flur und deshalb bleibt es dabei: „Göltzschtalbrücke bei Mylau".

Nicht weit von der Brücke gab es eine Textilfärberei und dort nahm ein Tag seinen Anfang, der mir auf ewig als mein schwärzester in Erinnerung bleiben wird. Und das kam so: Wie es damals der Brauch war, verdingte man sich in den Schulferien als Hilfskraft in irgendeinem örtlichen VEB. Bis zum Ende meiner Schulzeit habe ich eine ganze Reihe solcher Jobs kennen gelernt, z.B. Maschinenbediener, Einpacker, Bürohilfskraft, Museumsdiener, Postbediensteter, Eilbote und Briefkastenleerer, Beifahrer, Brauereihilfsbierkastenstapelassistent und was sonst noch. Eines Sommers war ich

Hilfsfärber in jener Färberei. Meine Aufgabe war es, kleine Stoffpartien nach den Anweisungen des Meisters zu färben. Die Prozedur fand in einer hundert Jahre alten Halle statt, in der es unglaublich nass zuging, wo es dampfte und zischte und brodelte und die man nur mit Gummistiefeln und einer entsprechenden Schürze betreten und überleben konnte. Bei trübem Licht wurde dort unter vorindustriellen Bedingungen Stoff gefärbt und ich hatte die Oberaufsicht über die kleinen Bottiche, wo erstmal ausprobiert wurde, wie viel Gramm vom Farbstoff es bedurfte, um den gewünschten Ton hin zu bekommen. Der Herr über das Verfahren war Meister Gehlen (den habe ich mir gemerkt, weil er eine recht ansehnliche Enkeltochter in meinem Alter hatte...). Zu ihm brachte ich in Abständen kleine Stoffpröbchen, die er dann mit der Erfahrung aus 40 Jahren brodelnden Infernos betrachtete. Dann murmelte er etwas wie zum Beispiel: „Zehn Gramm Tschitscheringrün". Mit dieser Information ging ich in das Farblager, wo mir ein Kollege das Gewünschte abmass. Er hat es nicht wirklich gewogen, sondern seine ebenfalls 40-jährige Erfahrung machte es möglich, dass er einfach einen Löffel nahm und schwupp- 10 Gramm landeten in meinem Eimer. Noch etwas Wasser dazu und ich machte mich auf den Weg zu meinen Bottichen. Unterwegs dorthin konnte ich darüber nachdenken, woher die Farbe ihren lustigen Namen hatte (Er hat etwas mit grosser Weltgeschichte zu tun: Es gab einmal in den 20er Jahren eine wichtige weltpolitische Konferenz in Locarno. Dort erschien auch der sowjetische Aussenminister Tschitscherin. Die Sowjetunion baute gerade den Kommunismus auf und hatte alle schwarzen Fräcke als Ausdruck bourgeoiser Dekadenz verboten.

Also kam Genosse Tschitscherin in einem grünlichen Frack-Kleider machen Worte).

Bei meiner Rückkehr brodelte mein Bottich lustig vor sich hin und ich goss das Tschitscheringrün in die wallende Flotte (das ist ein *terminus technicus*: Flotte nennt man das Wasser mit all seinen färbenden Ingredienzien). Dann drehte ich am Dampfventil, um etwas nachzuheizen. Irgendwie habe ich aber falsch angefasst, jedenfalls kam ich mit der Hand an eine Stelle, die nicht zum Anfassen gedacht war und verbrühte mich. Mannhaft unterdrückte ich den Schmerz, beobachtete die schöne Blase, die sich bildete und freute mich auf den Feierabend. Da wollte ich mich mit meinen Freunden im Freibad treffen. Gegen 4 Uhr war es so weit: Das Bad lag im schönsten Nachmittagssonnenschein. Kleinere Jungs spielten am Beckenrand mit einem Fussball. Der rollte mir beim Näherkommen vor die Füsse. Um zu zeigen, wer der Chef war, nahm ich den Ball und trat ihn senkrecht in die Höhe, d.h. ich wollte ihn senkrecht... Ich muss wohl etwas abgerutscht sein, denn der Ball beschrieb eine Parabel, deren Endpunkt der hinter dem Zaun vorbeifliessende Bach war. Weg war der Ball. Es gab nur eine Chance, ihn zu retten: Ausserhalb der Badeanstalt gab es einen Hang, der hinab zum Bach führte. Dort könnte man das Teil retten. Gedacht, getan. Ich rannte ohne Schuhe zu der bewussten Stelle und richtig: Da kommt mein (d.h. eben nicht *mein*) Ball angeschwommen. Ich bücke mich, greife ihn- da fällt mir meine Sonnenbrille in den knietiefen Bach. Vor Schreck entgleitet mir der Ball wieder und schwimmt auf

Nimmerwiedersehen Richtung Nordsee. Ich versuche wenigstens meine geliebte Sonnenbrille zu retten. Ohne Erfolg. Beim Rückweg hangaufwärts trete ich in eine Glasscherbe. Das Blut spritzt, ich muss mich vom Bademeister verarzten lassen. Danach musste ich den verärgerten Fussballern den Ball ersetzen- 5 Mark, das tat noch mehr weh als der lädierte Zeh. Aber nun konnte ich den Nachmittag geniessen. Dachte ich...
Am Himmel türmten sich ziemlich plötzlich grosse Gewitterwolken. Da war nicht mehr gut sein in der Badeanstalt. Betrübt radelte ich nach Hause. Wenigstens etwas tonbandeln wollte ich noch (das ist *kein terminus technicus*, aber besser lässt sich die Beschäftigung mit einem Tonband nicht verbalisieren. Das Wort beschreibt nicht allein das Hören von Musik, sondern auch die Bedienung des Geräts, die Pflege und Reparatur, das Überspielen von Titeln und so fort. Manchmal hatte *Ton*bandeln auch etwas von *An*bandeln, aber das sind andere Geschichten). Draussen krachte bereits das Gewitter, aber ich war ja gottseidank im Trockenen. Zuerst mal was essen. Einen Apfel zum Beispiel. Beim Zerschneiden rutschte ich mit dem Messer ab und brachte mir eine schöne Schnittwunde am Finger bei. Hochauf spritzte erneut das Blut. Naja, man gewöhnt sich. Nun aber tonbandeln. Ich hatte dafür eine sinnreiche und über längere Zeit erprobte Installation erfunden. Mein Kofferradio hatte nämlich keinen Diodenausgang (das ist nun wieder einer- ein *terminus technicus*: Der besagte Ausgang ermöglichte die Verbindung von Radio und Tonbandgerät- wenn er eben da war. Mein Radio hatte wie gesagt keinen.) Ich stellte also ein Mikrofon vor den Lautsprecher meines STERN *Camping* und

legte zum Schutz gegen Umgebungsgeräusche ein kleines Kissen darum; mit dieser Konstruktion habe ich beste Resultate erzielt. Auch diesmal wollte ich während der Hitparade auf Titel lauern, die ich noch nicht in meiner Sammlung hatte. Es war die Zeit, als Beatles, Stones, Hermans Hermits, Kinks, Manfred Mann und viele andere Poplegenden gleichzeitig in den Charts waren. Gerade wurde angekündigt, dass es Dave Dee, Dozy, Bicky, Mick and Tich mit ihrer *Legend of Xanadu* auf Platz 4 geschafft hätten- da wurde es dunkel. Nein, es war nicht der zweimalige Blutverlust, es war ein Stromausfall infolge des anhaltenden Gewitters. Das Kofferradio ging noch (schliesslich hiess es ja *Camping*, lief also mit Batterien) aber das Tonbandgerät brauchte dringend 220 Volt aus der Wand und danach sah es gerade im Moment nicht aus. Die einzige Spannung war die zu raten, wann der Strom zurück kam. Bis dahin war aber die Hitparade auf jeden Fall gelaufen.

Heute gibt es einen wunderbaren Ausdruck für solche Fälle: Shit happens- dumm gelaufen. Damals sagte man noch schlicht und ergreifend Sch... Jedenfalls habe ich solch einen Tag nie wieder erlebt.

Dort ungefähr...

## Der östlichste Piratensender der Welt

Wenn es in Mylau etwas zu feiern gab oder es wurde eine Feier angeordnet, dann erscholl von der alten Kaiserburg herab Marschmusik. Dazu hatte man dort extra Lautsprecher für alle vier Himmelsrichtungen angebracht. Diese Musik war das Gegenstück zum protestantischen Glockengeläut an den wirklichen, den christlichen Feiertagen. Meist handelte es sich um Märsche, von denen vor allem der Yorcksche Marsch immer und immer wieder zu hören war. Der war ja auch zum Defiliermarsch der nationalen Volkssoldaten gemacht worden- ohne dass man bedacht hätte, dass Herr Beethoven das Stück einem Adeligen gewidmet hatte, der sich um die Befreiung Preussens von *fremder Besetzung* verdient gemacht hatte. Eine Zeit lang meinte ich damals, es handele sich um einen Marsch für Yorkshire-Terrier (aus dem Munde eines Vogtländers klingen „Yorkshire" und „Yorckscher" absolut identisch) und konnte mir nicht erklären, warum die kleinen Schosshündchen im Gleichschritt laufen sollten. Nun ja, bei „Alte *Kamera*den" könnte man ja auch an *Kamera*s denken...

Jedenfalls schallte es mindestens zwei Mal im Jahr von der Burg, dass einem Sehen und vor allem Hören verging. Die Leute machten das Beste daraus und sangen den schönen Text dazu, dass eine Seele vorm Alkohol gerettetet sei. Dazu tranken sie Milaner Bräu- das gute Bier aus der Biedermannschen Brauanstalt.

Wollte man etwas anderes hören, Walzer etwa oder Operette, dann wartete man den Radau ab und ging danach in den Burgpark zum kleinen Konzert. Dort gab es nämlich eine Konzertmuschel unten im Eck wo die Wehrmauer am höchsten ist. Man setzte sich auf die Bänke ringsum, für Kinder gab es einen kleinen Springbrunnen zum Spielen und man lauschte der leichten Muse. Zu Heimatfesten diente die kleine Bühne verschiedenen Darbietungen, dann trat auch schon mal ein Sänger oder eine Sängerin auf, die durch Film, Funk und Fernsehen bekannt waren- besser gesagt, bekannt hätten sein sollen. So richtig populär waren sie natürlich meist nicht, denn die Mylauer hatten Möglichkeiten, etwas Abwechslung ins Fernsehprogramm zu bekommen. Mancher baute die kompliziertesten Antennenanlagen, um Vicco Torriani oder Herrn Kuhlenkampf und ihre singenden Gäste zu sehen und zu hören.
Nur ganz unten im Tal war alle Mühe vergebens. Dort gab es regelrechte Strassenzüge der Ahnungslosen, dort waren die Fernsehspiele aus der bevorzugten Himmelsrichtung meist nur schemenhafte Schattenspiele. Wohl dem, der Freunde und Bekannte in den höheren Lagen der Stadt hatte. Zu telemedialen Grossereignissen wie Fussballweltmeisterschaften oder wenn Mister Durbrigde seine atemraubenden Krimis zeigte, besuchte man dann dort die Privilegierten, die beliebte Sendungen bereits mit Hilfe eines feuchten Schnürsenkels als Antenne empfangen konnten. Die Wohnungen im Funkschatten waren dann verwaist. So wurden die Durbridge-Krimis für Mylau Strassenfeger in einem ganz speziellen Sinn.

Und die Jugend? Sie hatte spätestens seit dem Auftauchen der Beatles in der Wochenschau des Kinos ihren eigenen Geschmack gefunden- yeah, yeah, yeah! Etwas schwieriger war es aber, die neue Musik regelmässig zu hören und so auf dem Laufenden zu bleiben. Da war zunächst das Radio das beste Transportmittel. Jeden Montag gab es eine Hitparade zu hören- natürlich auf Mittelwelle- die dann am nächsten Tag die Pausengespräche in der Schule beherrschte. Im Fernsehen gab es bestenfalls Herrn Howland in seinem Studio B mit der eher braven Abteilung der U-Musik. Fräulein Myhre sang, dass man nicht in jeden Apfel beissen solle, Fräulein Manuela sang von Herrn Dupont und Herr Deutscher verglich Marmor, Stein und Eisen mit der Liebe- ein tiefsinniger Vergleich, der mit zunehmender Lebenserfahrung eher in Zweifel zu ziehen ist. Herr Bonnie meinte schliesslich, dass man unbedingt 7-Meilen-Stiefel brauche um mit 7facher Geschwindigkeit vorwärts zu kommen. Beim Nachrechnen kamen mir immer Zweifel...
Die genannten waren immerhin so populär, dass man ihre Namen neben anderen eingeritzt auf Schulbänken fand. Die Namen von Fräulein Wachholz oder Herrn Schöbel habe ich dort nicht gesehen.
Die echten Liebhaber der Pop-Musik jedoch hörten drei- bis viermal am Tag einen Sender, den es eigentlich gar nicht gab. Diese Station strahlte mehrmals täglich ein halbstündiges Programm aus mit der besten Musik, die sich ein pubertierender Teenager der mittleren 60er wünschen konnte. Aber wie gesagt: Den Sender gab es eigentlich gar nicht. In West stand er nicht,

denn seine Wortbeiträge waren dem Sprachschatz des Ostens entnommen. In Ost stand er auch nicht, denn das bestritten die Macher selbst. Sie sagten immer, dass man von einem Standort innerhalb der ehemaligen Grenzen des ehemaligen Deutschen Reichs sende. Nehmen wir also an, dass dieser ehemalige werbefreie Piratensender diesseits oder jenseits der ehemaligen Oder stand und von dort uns ehemalige Jugendliche mit seiner ehemals heissen Musik versorgte. Zwischen den Sendungen strahlte man nur eine akustische Kennung aus, die an die britische BBC während des 2. Weltkrieges erinnern sollte. Auch hier musste Herr Beethoven mit ein paar leicht verdrehten Tönen herhalten (statt $^{ta\text{-}ta\text{-}ta}$-taaa klang es $_{ta\text{-}ta\text{-}ta}$-taaa). Dazu informierte man noch, dass man auf Mittelwelle 935 KHz sende. Pause... Wenn die aber vorbei war, dann brachten die Staatspiraten den Äther zum Kochen, dann hörte man so bedeutende Formationen wie die „1910-Fruchtgummi-GmbH", die „Gebrüder Gibb", die „Äffchen" oder die „Strandjungs" aus dem fernen Kalifornien, von den „Rollenden Steinen" ganz zu schweigen. Die Verehrung für letztere hatte in Sachsen ihren Höhepunkt erreicht, als ein ziemlich billiger Kräuterschnaps Marke STONSDORFER zum Kultgetränk wurde, weil...ja, weil eben *Stons...* darauf stand.

An eine Konservierung respektive Reproduktion unserer Lieblingsmusik war vorerst nicht zu denken. Tonbandgeräte waren rar und teuer- daher hiessen sie ja auch SMARAGD. Nur der Sohn des Friseurs hatte recht früh eins und versuchte sich auch eifrig im Handel mit fotokopierten Abbildern unserer Idole.

Es waren Kopien von der Kopie einer Kopie, so waren sie also ihr Geld nicht wert und verloren noch mehr an Aufmerksamkeit, als im Fernsehen eine Kultsendung für Jugendliche begann: der Beat-Club. Das war für uns Teenager der lindernde Ausgleich für herkömmliche Musiksendungen, deren beliebteste eine aus Hessen war, in der jahrelang das Hohelied vom sauren Apfelwein gesungen wurde. Beat-Club war das Beste, was man in Bremen je produziert hat und Uschi Nerke, Deutschlands erste Pop-Moderatorin, hat den Geschmack meiner Generation hinsichtlich Traumfrau entscheidend mit geprägt.

Bärbel Wachholz jedoch fiel beim staatlichen Musikkommitee in Ungnade und durfte nur noch am Fliessband singen.

Unterhalb der Burg

### Der wilde Zahnarzt

Mylau im Vogtland ist eine uralte Ansiedlung- ruhig gelegen zwischen den grünen Hügeln ringsum. Doch obwohl man in gewisser Weise Zugang zu den Weltmeeren hatte- über die Göltzsch in die Elster, von dort in die Saale, die wiederum fliesst in die Elbe und die verströmt sich bekanntlich Richtung Nordsee- irgendwie ist die kleine Stadt hinter ihren Möglichkeiten zurück geblieben. Vielleicht war das Tal gar zu eng, vielleicht die Hänge zu steil- Mylau blieb eine kleine Stadt mit Burg, grosser Backsteinkirche und einer noch grösseren Brücke- auch aus Backstein. Das benachbarte Reichenbach dagegen entwickelte sich zur Hauptstadt des kleinsten Kreises der kleinen Ostrepublik mit dem grossen Anspruch.
Dort gab es ein richtiges Kaufhaus, ein veritables Postamt, ein Theater, Buchhandlungen, eine Musikalienhandlung, Sportartikelgeschäfte, Konditoren, Milchbars mit Musikbox, gute und weniger gute Restaurants, Feinkost- und Schnapsläden- Grossstadtniveau eben. In die Kreisstadt zu fahren und dort Besorgungen zu machen war also meist eine willkommene Abwechslung in einem Schülerleben. Allerdings hatte die grössere Nachbarstadt auch Einrichtungen der weniger angenehmen Art wie Polizeiamt, Gefängnis, Oberschule, Krankenhaus oder einen Kieferorthopäden. Letzterer war dafür verantwortlich, dass sich in meiner Erinnerung Zahnschmerz mit Indianerspiel auf wundersame Weise mischen.

Eine fürsorgliche Obrigkeit fühlte sich auch für die korrekte Zahnstellung ihrer Untertanen zuständig. Da wurde man also als junger Schüler untersucht und bei Bedarf zu einer Behandlung geschickt. Bei mir war es auch so: Ich hatte Zähne, die oben etwas zu weit hervorragten. Hätte man alles gelassen, wie es war, dann wäre ich dem australischen Sänger Robin Gibb recht ähnlich geworden. So aber, weil es angeordnet wurde und weil auch meine Eltern ein schönes Büblein haben wollten und Robin gar nicht kannten, begann die Korrektur meines Kiefers. Weit und breit im Vogtland gab es für dieses Unterfangen nur eine Adresse: Dr. Kiefer, Reichenbach, Stockstrasse.

Dr. Kiefer führte eine Grosspraxis für Gebissregulierung- er war sozusagen der Regulator vom Vogtland. Wenn man dort Patient wurde, dann musste man sich auf mehrjährige Leiden einstellen. Dann wurden einem über lange Zeiträume ganz unglaubliche Gestelle in den Mund geschoben. Ganz im Gegensatz zu späteren Zeiten, da Zahnspangen als schick galten- kündigten sie doch die nahende Verwandlung eines Kindes zum Erwachsenen an- waren diese Drahtkonstruktionen überaus entstellend. Abgesehen davon: Man bekam zwar nach langer Zeit des Leidens ein gerades Gebiss, hatte aber darüber das Sprechen verlernt. Meine mangelhaften Leistungen im Russischunterricht sind eindeutig auf die regulierende Kunst des Dr. Kiefer zurückzuführen. Kein Mensch kann mit so einer Spange im Mund *meschdunarodnoje sotrudnetschistwo* sagen. Für Englisch habe ich das Monstergestell immer heraus genommen- mit Erfolg. I have had been an excellent pubil.

Allzu oft durfte man die Qual aber nicht unterbrechen; der Doktor war kein Guter. Er hatte in seiner Praxis mehrere Behandlungsstühle und eilte von Platz zu Platz, um sich die schiefen Zähne zu betrachten. Liess der gewünschte Erfolg auf sich warten, dann wurde er unwirsch, dann wurden die Eltern zum nächsten Termin mit einbestellt. Das war dann kein Spass mehr. So machte ich mich also immer mit sehr gemischten Gefühlen auf in die Kreisstadt, um meine schönen Raffzähne begutachten zu lassen. Hatte ich dann den Zahnrichter hinter mir und der hatte nicht bemerkt, dass ich wieder etwas gemogelt hatte, dann belohnte ich mich, dann musste Ausgleich sein für's knarzige Wesen des Kieferfolterers.

Ein paar hundert Meter stadteinwärts gab es ein winziges Spielwarengeschäft. Dessen Spezialität waren kleine Spielzeugindianer und noch kleinere Plastik-Modelle der gängigen Strassenfahrzeuge. Beides hatte natürlich nichts miteinander zu tun, ausser dass ich es begehrte und sammelte. Kam ich dann vom Dr. Kiefer und hatte die hässliche Spange in die Tasche gesteckt, dann lenkten meine Schritte wie ferngesteuert zum kleinen Laden des Herrn Brandt. Die Indianer waren in einer gläsernen Vitrine ausgestellt und jede Rothaut hatte eine Nummer. Da konnte man in Ruhe wählen und sagte dann zum Verkäufer (und das war der Chef höchstselbst): Eine 17, bitte! Dann bekam man die Nr. 17, vielleicht einen hakennasigen tomahawkschwingenden Sioux. Oder einen Bogenschützen zu Pferd. Stand mir aber der Sinn nach Modernerem, dann suchte ich mir ein kleines Modellauto aus, einen SKODA-Bus etwa oder eine kleine Planierraupe. Die PKW in dieser Abteilung waren eher schlicht und konnten mich nicht so recht begeistern- kein Wunder bei den Vorbildern. Gerne hätte ich so etwas besessen wie es der Dr. Kiefer im Original hatte und wie es seiner Praxis gegenüber auf der Strasse stand: einen echten amerikanischen Strassenkreuzer Marke PLYMOUTH-Cabrio! Der Doktor war nämlich nicht nur ein tapferer Kämpfer für gerade Zähne, er hatte auch einige ungewöhnliche Hobbies. Dieses Auto gehörte dazu. Er hatte es Artisten abgekauft, die auf einer Tournee dringend Geld brauchten. Vielleicht haben sie sich auch die Zähne richten lassen und das Auto dafür dagelassen- man weiss es nicht! Den Doktor konnte man jedenfalls in den 60ern mit diesem Prachtstück durch die Gegend fahren sehen- es war das einzige seiner Art im ganzen wilden Osten. Daher wurde es auch gelegentlich bei der DEFA eingesetzt. Mancher DEFA-Film hätte nicht entstehen können, wenn es nicht des Zahndoktors Traumauto mit seinen Haifisch-Heckflossen gegeben hätte. Die Kundschafter des Friedens hätten im TRABANT 500 ihren Kampf gegen das Böse bestehen müssen.

Wo grosse Autos sind, da sind schöne Frauen nicht fern. Beim Dr. Kiefer waren das ausgesprochen reizvolle Sprechstundenhelferinnen, die besonders im Sommer nichts weiter trugen als einen weissen Kittel- so munkelte der Volksmund. Ich war dort und kann bezeugen: Sie hatten auch noch Sandalen an. Im Winter waren sie etwas gesünder gekleidet, ausser wenn sie bei ihrem Chef zur Silvester-Party eingeladen waren. Da wurde dann eine Fuhre Sand im

Wohnzimmer verteilt und man feierte den Jahreswechsel im Bikini- die Zähne sollen mir ausfallen, wenn ich die Unwahrheit sage.

Das war eben auch so ein Hobby vom Grosszahnarzt- er feierte gern Parties. Und weil er wohl keinen Keller hatte, der gross genug für seine Ansprüche war, wurde eine Scheune zum Feiern erworben. Die stand einsam und harmlos auf einem Feld und von aussen deutete nichts auf den verborgenen Zweck hin. Allgemein hiess es, dass da Pferde untergebracht seien. Ging man aber einmal etwas näher heran, dann war da ein ganz kleines Schild: PCR- Party-Club Reichenbach. Zum harten Kern des Klubs gehörten einige Doctores medicinalis unterschiedlicher Fachrichtungen. Die luden sich dann ein paar Mädels aus der Textilfachschule ein und ab ging's ins Heu. Die Fachschule war ja ohnehin ein Glücksfall für die Reichenbacher Junggesellen, bestand die Studentenschaft doch zum übergrossen Teil aus jungen lebenslustigen Damen. Die kamen teilweise von weit her und langweilten sich im braven Vogtland ein bisschen. So waren sie für jede Form der Freizeitgestaltung dankbar. Reichenbach wäre heute ärmer ohne all die fremden Mädels, die zu Vogtländerinnen naturalisierten. Und ein paar Männer wären reicher, hätten sie nicht für das eine oder andere Vergnügen mit den jungen Textilweibern zahlen müssen. So gleicht sich alles aus.

Dem Doktor Kiefer aber sollen im Alter alle Zähne einzeln ausgefallen sein...

Die Zahnarztpraxis

## Der erotische Bücherwurm

**D**ie kleine Stadt Mylau verdankt ihre Entstehung, mehr wohl noch ihren Fortbestand einer mächtigen Burg. Böhmische Herrscher hatten sie vor langer, langer Zeit errichtet- als die Menschen noch nicht wussten, dass die Erde eine Kugel ist. Im Laufe der Jahrhunderte wechselte die sperrige Immobilie mehrfach den Besitzer, war schliesslich sogar zur Fabrik degradiert und wurde am Ende, was viele Burgen und Schlösser wurden: ein Museum. Genauer gesagt: ein Heimatmuseum, denn mit den grossen Sammlungen mittelalterlicher Schmiedekunst wie in der Heidecksburg oder dem Dresdener Historischen Museum konnte sich nicht messen, was da ausgestellt war. Dafür hatte man von allem etwas: ausgestopfte Tiere, Mineralien, exotische Schmetterlinge, Hausrat aus allen möglichen Epochen und Volksschichten, ein paar Hieb-, Stich- und Feuerwaffen, Folterwerkzeug, Webstühle (die waren wohl gleich stehen geblieben, als die Fabrik nicht mehr gebraucht wurde) und einige Reste sakraler Kunst aus der alten Mylauer Feldsteinkirche. Ein Raum war der Geschichte des Kreises nach 1945 gewidmet- er war der langweiligste von allen. Welches Kind interessiert sich für das Miniaturmodell eines „Kraftfuttermischwerkes", wenn nebenan echte Gewehre und etwas weiter eine alte Ritterrüstung zu bestaunen sind.

Dieses Heimatmuseum wurde von Herrn Dr. Leipoldt geleitet, einem kleinen buckligen Mann mit Gelehrtenbrille auf einer Hakennase. Ich traf ihn zum ersten Mal, um ihn um ein Gutachten zu bitten. Ich hatte beim Herumstreunen einen Stein gefunden, der einen fossilen Abdruck enthielt und bat ihn um sein fachmännisches Urteil (vielleicht musste ja die Geschichte der Welt, wenigstens die des nördlichen Vogtlandes wegen der Bedeutung meines Fundes neu geschrieben werden...). So besuchte ich den lokalen Gelehrten, den man auch weniger respektvoll „das Leibl" nannte, in seiner Studierstube. Die hatte er sich schön ausgesucht, mit Panoramablick in Richtung Göltzschtalbrücke, also über die ganze Stadt hinweg. Mit meinem Fund konnte ich ihn nicht so recht beeindrucken, die Versteinerung war zu klein und man konnte nicht sagen, ob es nun ein Rindenstück vom Schachtelhalmbaum war oder ein Hautfetzen vom Urkrokodil oder ein Zipfelchen vom Ende eines Dinoschwanzes. Ich durfte das Teil behalten und hab es heute noch.

Aber die Begegnung mit Dr. Leibl hatte doch etwas Gutes: Als ich im darauf folgenden Jahr einen Ferienjob suchte, um mir mein erstes Kofferradio zu finanzieren, da fragte ich beim Doktor an, ob er nicht jemanden im Museum brauchen könne. Und siehe- er konnte. So kam es, dass ich zeitweiliger Angestellter des Museums wurde. Meine Aufgabe hatte man mir schnell erklärt: Das Museum verfügte über eine historische Bibliothek, die der Öffentlichkeit nicht zugänglich war. Die vielen Bücher dort sollten neu katalogisiert und mit entsprechenden

Rückenschildchen versehen werden. Das war meine Arbeit. Der Museums-Doktor brachte mich in ein düsteres kaltes Zimmer, gab mir Papier, Tusche und Leim und hiess mich alle Bücher neu zu beschriften. Dann ging er und kam auch nicht wieder. Nun könnten die beschriebenen Umstände einen jungen Menschen in tiefe Betrübnis stürzen und nach einem Rumpelstielzchen rufen lassen- mich machten sie froh und glücklich. Von klein an hatte ich alles gelesen, was mir zwischen die Finger kam und nun war ich von tausenden Büchern umgeben, eines interessanter als das andere. Da war an fleissiges Katalogisieren erst mal nicht zu denken, da musste gestöbert werden. Abgesehen von den Büchern entdeckte ich eine höchst interessante rundfunktechnische Vorrichtung, mittels derer man ganz Mylau über Lautsprecher beschallen konnte. Das geschah vor allem an hohen Feiertagen wie dem 1. Mai und dem 7. Oktober, aber auch zu Heimatfesten. Von hier oben kam also diese Marschmusik, zu der mein Opa immer die rätselhaften Worte sang, dass wieder eine Seele vorm Alkohol gerettet sei.

Bei den Büchern interessierten mich vor allem die so genannten Sittengeschichten, welche gewöhnlich einige stark erotische Kapitel, ja fast schon pornografische Abschnitte enthielten. Da war an historischen Beispielen dargestellt, was jeden gesunden Halbwüchsigen mehr interessiert als das Mischen von Kraftfutter, zum Beispiel, dass der sächsische August das intimste Körperteil seiner Lieblingsmätresse auf einen Taler prägen liess.

Ganz anders dagegen die Insektenkunde: In diesen Tagen waren mir alle Insektenarten mit ihren lateinischen Bezeichnungen vertraut, denn ich musste feststellen, ob ein Band in die Abteilung Coleoptera (Käfer), Diptera (Zweiflügler) oder gar Lepidoptera (Schmetterlinge) gehörte. Das war exakte Wissenschaft, da kam Fortpflanzung nur im streng biologischen Sinn und manchmal völlig ohne Hilfe eines anderen Geschlechts vor. So verbrachte ich meine Tage also zwischen antiken Erotica, Schallplatten mit preussischer Feiertagsmusik und Darstellungen des Pieris vulgaris (Gemeiner Krautscheisser) und seiner Artgenossen.

Dieser Teil meines Tuns fand völlig unter Ausschluss der Öffentlichkeit statt, nur zu den Mittagspausen gesellte ich mich zu den anderen Angestellten des Museums. Das waren eine Dame und ein Herr, die die Aufsicht führten. Ansonsten waren sie beide etwas kauzig, was man ja bei dieser Tätigkeit entweder sein muss oder bald wird. Die Dame wurde allgemein „die Luise" genannt, und wohnte im benachbarten Greiz im Gartenpalais des Schlossparks. Sie war allen schönen Künsten zugetan und hatte etwas Feingeistiges im Wesen, was wohl auch zur Wahl des Arbeitsplatzes wie der Wohnung geführt hatte. Ihr Kollege war ein kleiner dicker Mann, der recht gut den böhmischen Fremdenführer aus Max Reinhards berühmter Kabarettszene abgegeben hätte.
Diese beiden fanden mich aber immerhin vertrauenswürdig genug, um mir die komplette Schliessgewalt über alle Räume des Museums in Form eines grossen Schlüsselbundes zu übertragen.

So war Ich es, der frühmorgens den ersten Rundgang machte und alle Türen aufschloss, darunter alte quietschende Schlösser, die nie einen Tropfen Öl gesehen hatten oder die neueren Sicherheitsschlösser, wo der Schlüssel nur noch ein spitzer Zapfen war mit drei Zackenreihen an den Seiten. Erstere funktionierten seit Barbarossas Zeiten zuverlässig, letztere waren Erfindungen der Neuzeit und bedurften eines feinen Gefühls beim Einführen und beim Suchen des rechten Druck-und Drehpunkts.

Natürlich machte ich auch mal bei Tag einen Rundgang, um mich den Besuchern zu zeigen und vor allem, um dann durch Türen zu gehen, die dem gemeinen Museumsfreund verschlossen waren. Oder ich hob in einem unbeobachteten Augenblick das lange Schwert des eisernen Ritters aus der Halterung um es einmal zu schwingen und danach erschöpft zurück zu bringen. Man musste als Ritter mehr als nur sportlich gewesen sein– der junge Roger Moore als Ivanhoe aus der Fernsehkiste kämpfte offenbar mit leichterem Metall.

Die Tage mit Coleoptera, dem Yorckschen Marsch auf Schellack und dem in Silber geprägten Lustorgan der Gräfin Cosel gingen schnell vorbei. Am Ende wurde mir mein Lohn ausgezahlt- es war eine von den intellektuellen Tätigkeiten und die wurden eher karg entlohnt. Nur mit der Plünderung meines Sparbuchs konnte ich mir mein Kofferradio nun kaufen.

Mylau im Schnee